KB068495

너의
해피엔딩을
응원해

너의
해피엔딩을
응원해

문지영
에세이

당신에게만 들리는 암호같은 응원

바른북스

글의 엔딩을 넘어

뮤쿄 | 부비프 대표

서울에 작은 책방을 열고 글쓰기 모임을 운영하면서 전보다 더 다양한 사람들의 글을 읽는다. 그중에는 이런 사람도 있다.

두 아이를 키우며 틈틈이 종이 위에 연필로 글을 쓰는 사람.
오래 신어 해진 양말을 가만히 들여다보는 사람.
말이 되지 못한 사랑의 뒷면을 보는 사람.
작고 사소한 이야기를 귀하게 여기는 사람.

이 모든 사람은 글방의 오래된 동료, 지영이다. 지영은 코로나가 시작됐을 무렵 글방에 찾아왔다. 당시 집합금지 조치가 시행되면서 글방도 오프라인에서 온라인으로 바뀌었는데, 덕분에 멀리 미국에 사는 지영도 모임에 참여할 수 있었다.

글방이 열리는 날은 한국 시간으로 매주 목요일 저녁 7시 30

분이지만, 미국에 사는 지영에게는 늘 새벽 6시 30분이었다. 줌 화면 너머의 지영은 막 잠에서 깬 얼굴이었고, 그의 뒤로 보이는 창문은 캄캄한 새벽이었다가 모임이 끝날 때쯤이면 해가 떠 환해졌다.

화면 너머의 지영이 익숙하면서도 가끔씩은 그의 얼굴을 천천히 다시 보게 될 때가 있었다. 아이들을 모두 재운 뒤 늦은 밤 홀로 글을 쓰고, 아이들이 눈뜨기 전 신새벽에 일어나 다시 글방에 참여하는 그 고되고 번거로운 일을, 어떻게 몇 년씩이나 계속할 수 있을까 놀랍고 경이로웠기 때문이다.

이 책은 내가 지영을 보며 종종 품는 질문에 대한 대답 같다. 한 사람이 무언가를 계속할 때, 그 마음 안쪽에 있는 것이 무엇인지 짐작하게 한다. 어쩌면 그건 글의 엔딩을 넘어 삶의 엔딩마저 보고 싶은 바람, 이왕이면 그 엔딩이 '해피'하길 바라는 마음일지 모른다. 그러니 응원도 멈출 수 없는 것이다.

여기 실린 40편의 글 속에서 저마다 다른 표정을 짓고 있는 여러 명의 지영은 말한다. 글 쓰는 것이 좋다고. 글을 쓸 때, 아프고 덧난 자리는 비로소 무늬가 된다고. 글의 미로 안에서 기꺼이 방향을 잃고 싶다고.

가보지 않은 길에서 자기만의 여정을 계속하려는 지영을 정성껏 응원하고 싶다. 쓰는 것에 그치지 않고 엮어보기로 한 마음과 그다음으로 가려는 마음까지도. 그 모든 길목에서 가장 좋은 응원을 꽃처럼 주고 싶다.

읽는 이를 맞이하며

어릴 적에 접했던 이야기의 대부분은 해피엔딩이었다. 해피엔딩은 작가가 독자에게 건네는 선물이다. 해피엔딩은 주인공과 함께 이야기를 따라가느라 고생한 독자의 마음을 풀어주는 선물이다. 그 선물에 길든 나는 한동안 해피엔딩에 강박적으로 매달렸다. 꼭 웃어야만 하는 행복, 모두가 인정해 주는 행복. 하지만 커갈수록 해피엔딩과 내가 사는 세상 사이에 간극은 점점 벌어졌다. 살면서 크고 작은 좌절을 겪고, 외롭고 서러울 때면 해피엔딩은 사막 속 신기루 같았다. 존재하지 않는 물웅덩이를 착각해 이리 뛰고 저리 뛰는 사람처럼, 나는 밝고 빛나는 행복을 찾아 헤맸다. 신기루를 찾아야만 사막에서 생존할 수 있는 건 아니다. 이글거리는 태양 아래서도,

모래바람 아래서도, 우리가 걷는 걸 포기하지 않는다면 우리는 결국 사막 끝에 다다를 것이다. 사막 한가운데에서 헤매도 좋고, 힘들면 쉬어도 좋다. 가던 방향을 틀어도 길이 된다. 나는 그런 마음이 우리를 계속 살리는 마음이라고 생각한다. 나는 이 책을 통해 해피엔딩의 폭을 넓히고 싶었다. 우리가 마음 편한 곳을 목적지로 두고 함께 길을 만들어 간다면 나와 당신, 우리는 지금 모습도 괜찮고, 지금과 조금 다른 모습도 괜찮다. 우리가 각자의 여정을 포기하지 않도록 서로 응원하면서.

이 책의 제목이기도 한 〈너의 해피엔딩을 응원해〉는 작년 이맘때쯤 나와 큰아이가 힘든 시기를 함께 보냈을 때 썼던 글이다. 나는 내게 닥친 힘든 시기를 혼자 버티는 게 가장 힘든 줄 알았다. 그러나 내가 사랑하는 사람이 괴로운 시간에 멈춰 있는 걸 지켜보는 것 역시 괴로운 일이라는 걸 그때 경험했다. 시간이 약이라는 말도 잘 알고, 이 또한 지나가리라는 말도 잘 알지만 우리 둘에게는 시간이 꿈쩍도 하지 않는 날들이었다. 아이는 무너지지 않으려고 애썼다. 어린 나이에도 그 작은 어깨에 얹어진 고민의 무게는 가볍지 않았다. 내가 아이 대신 살아줄 수 없는 것처럼, 나는 아이의 아픔을 대신 아파줄 수 없었다. 괴로운 시간을 버티는 데는 많은 인내가 필요했다.

나는 힘들 때면 유튜브 검색창에 "박상영 할 수 있다."를 입력한다. 영상은 2016년 브라질 리우 올림픽 남자 펜싱 에페 개인 결승 경기다. 2015년 세계선수권대회에서 우승을 거머쥔 헝가리 출신 제자 임레[■] 선수와 이제 갓 스무 살이 된 박상영 선수가 펼쳤던 경기는 아직도 많은 국민들이 기억하는 감동적인 명경기다. 경기 초반에는 선수들이 비교적 대등하게 경기를 펼쳤다. 하지만 2세트 중반부터 경기가 한쪽으로 기울기 시작했다. 결국 13:9로 2세트가 종료됐다. 양국 선수들이 마지막 세트를 치르기 전, 목을 축이며 숨을 고르는 시간에 저 멀리 관중석에서 누군가 외쳤다. "할 수 있다!" 그 말을 들은 박상영 선수는 고개를 끄덕이며 "할 수 있다."는 말을 계속 되뇌었다. 그리고 작은 소리지만 군데군데서 "파이팅"을 외치는 한국 관중들의 응원도 들렸다. 해외 경기장에서, 그것도 외국 선수와 맞붙는 경기에서 들리는 한국어 응원은 한국 선수에게만 적용되는 마법을 부리는 암호가 된다. 우렁찬 "할 수 있다."란 응원과 그 이후 여기저기서 봄꽃이 퍼지듯 울리는 "파이팅"이라는 외침이 박상영 선수 마음에 안착했다. 3세트가 시작되고 경기는 14:10까지 몰렸다. 단 1점만 내주면서 패배하는 경기를 치르던 박상영 선수는 마음속에 담아둔 응원의 말을 꺼낸 듯 달라졌다. 박

■ 2016년 당시 언론매체에서 제자 임레 선수를 게자 임레로 칭했으나 최근 국내 자료에 따르면 제자 임레로 표기가 바뀌었다.

상영 선수는 흔들리지 않고 1점씩 차근차근 따라잡아 결국 금메달을 차지했다. 2016년 남자 펜싱 에페 결승전은 응원이 가진 힘을 보여준 경기였다. 박상영 선수가 "할 수 있다."라고 되뇌는 입 모양은 "살 수 있다."로 읽히기도 한다.

응원이라는 건 패색이 짙은 경기를 끝내 승리로 이끌기도 하고, 사십 대가 돼서 꿈을 발견한 사람을 계속해서 앞으로 나아가게 하는 힘을 가지기도 하고, 세상 끝에 버려졌다고 느끼는 이를 살리는 힘을 가졌다. 나는 이 책을 통해 당신에게 그런 힘을 주고 싶다. 조금 더 버틸 수 있는 힘, 앞으로 나아가게 하는 힘. 우리가 끝내 도착할 곳인 해피엔딩으로 함께 가고 싶은 마음으로 글을 모으고 다듬었다.

이 책은 내가 독립서점 부비프에서 진행한 온라인 목요글방에 2021년부터 참여해 썼던 글을 모은 책이다. 총 3부로 구성되어 있다. 1부에서는 아이를 키우는 엄마로서 사는 내 이야기가 실려 있다. 엄마로 사는 삶은 내가 상상한 그 바깥의 영역까지 살아야 하는 인생 2막이었다. 달라진 세상에 적응하는 내 모습, 아이들에게서 배운 이야기들을 실었다. 2부에서는 전업주부인 내가 글을 쓰고 살겠다는 꿈을 가지고 내 길을 걷는 이야기와 내가 작가가 됐다는 상상을 하고 언론매체와 진행하는 가상 인터뷰 시리즈를 실었다. 내가 나만의 길을 찾아가며 스스로 응원하는 모습을 보면서 책을 읽는 당신이 누구보다도 뜨겁게 당신 자신을 응원하길 바란다. 3부에서는 이곳과 저곳의 이웃으로 살면서 쓴 글을 엮었다. 아주 가까운 옆집 이웃부터, 고향에서 만난 이들, 그리고 다른 대륙에 사는 얼굴도 모르는 이들과 함께 연결되어 살아가는 이야기로 구성했다. 행복이 달콤한 꿈이 아닌, 엔딩이 끝이 아닌 이야기들이다.

십오 년 전, 나는 학부 졸업 전시로 중력을 거스르는 힘을 이용해 가상 공간을 만드는 프로젝트를 진행했다. 어떤 공간을 만들지 고민하던 중 헬륨 풍선을 하늘에 날려 어디까지 갈 수 있는지 실험하기로 했다. 총 다섯 개의 풍선을 준비해 내 소개와 내가 진행하는 프로젝트에 대한 간략한 설명, 내가 풍선을 날린 위치, 그리고 이 풍선을 발견하게 되면 내 이메일로 발견 장소를 알려달라는 편지를 투명 봉투에 넣어 붙이고 학교 근처 템스강 변에서 날렸다. 약 이 주 후 기적적으로 답장 한 통이 왔다. 그 당시 일곱 살 아이가 할아버지와 산책을 하다가 주택가 산책로 나무 덤불 사이에서 풍선을 찾았다고 정확한 주소를 적어 보냈다. 아이가 보낸 답장의 마지막 문장은 "이 답장이 당신 프로젝트에 도움이 되길 바랍니다."였다. 실제로 그 답장은 내 프로젝트의 가장 큰 키워드가 됐다.

덕분에 프로젝트를 잘 마무리하고 무사히 졸업할 수 있었다.

이 책은 내가 당신에게 편지를 동봉해서 띄운 헬륨 풍선이다. 두둥실 떠올라 당신 손에 안착하길 바란다. 내 가족이 해준 응원처럼, 일곱 살 아이가 보낸 답장처럼, 박상영 선수에게만 들리는 암호 같은 응원처럼. 응원이 바람을 타고 당신 마음에 가닿기를 바란다.

목차

3부

'행복하게
살았습니다.'
마지막 줄
넘어

읽는 이를 배웅하며

1부

너의
해피엔딩을
응원해

세월이 새겨지는 곳

'쏴아' 싱크대에서 씻은 감자를 꺼내 감자 칼로 '삭삭삭' 껍질을 벗긴다. 나무 도마에 '탁탁탁' 소리를 내며 깍둑썰기로 감자를 썬다. 아이들이 싸운다. 작은아이가 울면서 나에게 온다. 하던 일을 멈추고 손을 씻어 작은아이를 안아준다. "엄마가 밥하니까 조금 있다가 놀아줄게." 손은 도마 위에서 바삐 움직이지만 귀는 거실로 향해 있다. '풍덩풍덩' 애호박을 끓는 물 속으로 넣고, 된장을 숟가락으로 '푹' 퍼서 끓는 물에 '휘이' 젓는다. 마지막 두부까지만 넣으면 되는데 이제는 큰아이가 심심하다며 놀아달라고 온다. 겨우 큰아이를 달래서 돌려보낸다. 두부까지 넣고 국을 완성한다. 이렇게 오늘 한 끼를 해결한다. 큰아이가 밥이 맛있었다고 칭찬해 준다. 물기가 채 마르지 않은 내 손이 칭찬받는다. 큰아이는 나에게 엄마는 커서 요리사가 되는 것이 꿈이냐고 묻는다.

결혼 전에 나는 기분 전환하려고 시간 내서 네일아트를 종종 받았다. 달라진 손끝은 확실히 나를 기분 좋게 해주는 힘을 가졌다. 결혼하고 아이들을 낳고 키워보니 내 몸 중에서 가장 바쁜 곳은 손이었다. 아이들 이유식을 만들 때도, 아이들 기저귀를 갈아줄 때도, 아이들 목욕을 시켜줄 때도 내 손은 쉼 없이 움직였다. 토마토 꼭지를 딸 줄 몰라 칼을 든 오른손이 토마토를 들고 있던 내 왼손을 내리찍은 적이 있을 만큼 나는 요리에 서툴렀다. 이제는 며칠이 지나서야 물에 닿은 손이 아파서 손을 들여다보면 도대체 어디서 어떻게 베였는지 모를 상처가 이미 자리 잡고 있다 사라지기를 반복했다. 뜨거운 연기에 덴 적도, 젖은 손을 닦을 시간도 없이 밥을 해대느라 손등이 터서 검게 변하기도 했다. 그렇게 내 손마디는 굵어지고, 내 손이 움직이는 대로 켜켜이 쌓인 결이 어느새 주름이 되었으니, 내 손에 생긴 주름은 내가 살아낸 자국이 되어 나이테가 됐다.

가끔 내 손을 물끄러미 내려다본다. 이제는 내 손이 네일아트도, 결혼반지도 어울리지 않는 손이 돼버려 속상하다. 종종 희고 길쭉하게 뻗어 고운 손을 가진 사람들을 보면 부럽다. 그렇다고 해서 주름지고 굵어진 내 손을 보며 초라하다고 생각하고 싶지 않다. 그리고 나이 든 내 손도 아름답다는 억지스러운 포장도 하고 싶지 않다. 나는 그들의 청초한 손을 질투하지 않으며, 그녀들의 아름다움도 결국 나이 들면 별수 없을 거라며 이죽거리지 않는다. 내가 가지고 있지 않은 타인의 아름다움에 그저 경탄할 뿐이다. 솔직히 고백하자면 이런 생각들이 한 번씩 내 마음속을 거쳐 갔다. 그런 생각들로 나이 들어가는 내 손을 위로해 봤지만 내 손은 위로받지도 못하고 내 마음만 미워졌다. 나는 내 마음이 삐뚤어지지 않기 위해 내가 가졌던 못난 생각들을 잘라내 다듬어 갔다. 내 마음이 어느 쪽으로도 기울어지지 않도록 다스린다. 내가 느끼는 부러움은 예전에 내가 가졌던 내 어린 손에 대한 회상이자 그리움이다.

언젠가 내가 살고 있는 곳에 친정 엄마가 잠시 들렀다. 공항에서 출국하는 친정 엄마와 마지막으로 인사할 때 친정 엄마는 거칠어진 내 손을 붙잡고 "손이 이게 뭐냐."라며 눈물을 흘리다 황급히 뒤돌아 가버렸다. 말랑하고 보드라웠던 딸 손이 어느덧 마른 나뭇잎처럼 버석해졌단 걸 아는 순간, 친정 엄마는 딸이 걸어온 세월을 만진 기분이었으리라. 친정 엄마가 멀어져 가는 모습을 보면서 어떤 마음으로 돌아섰는지 알기에 나도 뒤돌아 울었던 그때도 내 손은 내 눈물을 닦아주며 나를 위로했다. 내가 부끄러울 때 얼굴을 감싸 쥐어 방패가 되어주는 내 손, 아이들이 아플 때 이마를 짚어 열을 재던 내 손, 초행길을 운전할 때면 어김없이 긴장해 손에 난

땀을 허벅지로 닦아낼 때 내 손은 침착함을 배워갔다.

시간이 지나 노인이 되어 있을 때쯤 내 손은 어떻게 변해 있을까? 아마도 내 손은 내 인생을 대변해 주지 않을까? 더욱 깊어진 주름, 불거져 나온 혈관, 뭉툭해진 손가락, 마디가 울퉁불퉁 튀어나와 결코 예쁘다는 말을 들을 수는 없는 내 손은 어쩌면 고목으로 만든 목공예품 같을 수도 있겠다. 그때가 되면 내 손에 무엇이 더 필요하겠는가. 시간이 새겨준 무늬를 받아들인 내 손 위로 당신 손을 포개어 온기를 나눠준다면 나는 그걸로 지난 세월의 노고에 대한 훈장을 받은 것이니 더 바랄 것이 없겠다.

함께 나이 드는 옷들

입던 옷을 벗어 빨래통에 무심하게 툭 하고 던진다. 내가 빨래통에 담은 옷들은 평퍼짐한 티셔츠, 고무줄 바지, 내 몸에 결점을 감춰줘서 고마운 옷, 비싸지도 않은데 유독 촉감이 좋아 자주 손이 가는 옷, 이제는 파는 곳이 없어 다시 사려고 해도 살 수 없는 옷들이다. 그것들은 나만의 한정품이자 희귀템이다. 찬찬히 들여다보면 어느 하나 특별하지 않은 옷이 없다. 지구상에 제각기 다른 매력으로 살고 있는 우리 같다. 벗어 놓았던 옷은 며칠간 빨래통에 잔뜩 쌓여 있다가 세탁기 안으로 들어간다. 빨래는 물에 적셔지고 세제와 함께 섞인다. 부드러운 거품 목욕을 마친 옷은 세탁조에서 탈탈 털려 물기가 쭉 빠지고 나서야 세탁기에서 나올 수 있다. 세탁을 마친 빨래는 건조기에서 말려지거나, 빨래건조대 위에 몸이 늘어진 채로 말라간다. 나는 사실 부지런한 성격이 아니다 보니 마른 빨래를 걷어 소파 위에 널어두고 방치한다. 그러다 입을 옷이 없어지면 방치한 마른빨래를 마지못해 갠다. 이 기계적인 행동을 몇 년째 하고 있다. 아마 죽기 전까지 이어질 것이다.

빨래를 개다 보면 나와 내 가족의 삶이 조금씩 보인다. 특이하게도 우리 가족의 양말은 발가락 부분이 아닌 뒤꿈치나 아킬레스건 쪽이 더 많이 닳는다. 해진 양말을 보며 가족들의 발을 떠올린다. 허벅지 안쪽 옆선 부분이 자주 스쳐 하얗게 닳아버린 청바지를 보면 가족들의 걸음걸이가 생각난다. 가제 수건을 보면 나보고 쉬라고 하고선 가제 수건을 차곡차곡 개켜주던 친정 엄마가 생각난다. 아직도 정확한 원인을 분석하지 못한 티셔츠 앞면에 생긴 여러 개의 작은 구멍은 우리 집 세탁기를 의심하게 만든다. 혹시 세탁기 안에 뾰족한 돌기라도 있는 걸까? 그 밖에 목 늘어난 티셔츠, 티셔츠의 희미해진 프린트들, 밥 먹다가 흘려서 생긴 얼룩까지 어느 하나 매장에서 진열된 상태 그대로인 옷이 없다. 마치 태어난 상태 그대로의 내가 아니듯 말이다. 빨래를 개다 나이 든 옷들을 보면 '이제 이 옷도 보내줄 때가 됐구나.'라고 생각하다 '에잇 빨았는데 한 번만 더 입고 버리자.' 하고 생각을 고친다. 나이 든 옷을 잘 개서 옷장에 집어넣는다. 늘 그랬듯 나이 든 옷을 다시 꺼내 입는다. 버려야겠다는 다짐을 잊고 또 빨래통에 넣는다. 빨았으니 다시 입는다. 그렇게 내 곁을 떠나지 않는 옷들은 내 일상의 한 조각이고 익숙함이다. 거칠었던 삶의 흔적 때문에 외출복에서 잠옷으로 강등된 옷을 보면 괜스레 미안한 마음에 '자네는 좌천된 것이 아니네. 자네는 내 보좌관으로 파격 승진 하게 된 거지.'라며 생색낸다.

　　빨래를 개는 내 손은 나이가 들어가면서 투박해지지만, 수년간 입어 온 내 옷은 점점 얇아지고 있다. '나와 함께한 시간이 오래되긴 했구나!' 하며 다시 한번 본다. 나이 든 옷을 갤 때면 신경을 더 쓴다. 괜히 힘을 실어 각을 잡아보고 다 갠 옷을 한번 쓸어본다. '내 몸에 걸쳐 나 대신 먼지와 얼룩을 맞아주고 추위도 막아주느라 고생 많았다.' 나이 든 옷은 내 손길로 내 마음을 느꼈을까? 빨래를 하면 옷은 세탁기 안에서 거친 소용돌이를 만나 제 몸에 붙어 있던 불청객들을 떨쳐내느라 제 살점도 뜯겨갔다. 벌써 팔 년, 십 년의 세월을 함께했다. 입고, 벗고, 빨고, 널고, 개는 반복된 삶. 내가 눈을 떠 도시락을 싸고, 가족들과 함께 먹을 음식을 요리하고, 뒷정리를 하듯 내 옷은 외출복이든 잠옷이든 내 몸에 걸쳐져 있다 빨랫감이 됐다. 무려 한국에서 나와 함께 비행기를 타고 미국 생활을 이어간 옷도 있다. 심지어 이십 년이 지나도 옷장에 한자리 차지하는 옷도 있으니 꽤 오랫동안 끌어안고 살아왔다. 그렇다고 대단한 옷을 가지고 있는 것도 아니다. 어쩌다 보니 우리는 같이 나이를 먹고 있을 뿐이다. 아직도 그 옷들을 어디서 샀는지 왜 샀는지 또렷하게 기억한다.

아마도 나는 나이 들어도 지금처럼 살 것 같다. 능숙한 손으로 살림을 하지만, 오히려 능숙해서 영혼 없이 대충 해치워 버릴 가능성이 높다. 나중에 내가 세상을 떠나고 아이들이 내 유품을 정리할 때 "우리 엄마 이 옷을 아직도 안 버렸어?" 하고 놀랄지도 모른다. 그 옷을 입고 식사를 준비했던 엄마를, 우리가 식탁에 둘러앉아 함께 밥 먹었던 기억을, 소파에 앉아 같이 그림책을 읽었던 기억을, 널브러진 장난감을 발로 밟아 너무 아픈 나머지 신경질 내며 어질러진 집을 치우라고 소리 지르던 못난 엄마 모습도, 뒤돌아서 미안하다고 사과하고 안아줬을 때 아이들이 내 옷을 잡아당겨 눈물을 닦았던 일을 떠올리길 바란다. 아이들은 자신들이 태어나기도 전부터 내가 그 옷을 입었던 걸 모르겠지. 그 옷 아래로 불룩해진 내 배 속에 있는 아이들이 건강하게 크고 있는지 걱정하며 기다렸던 것도 모르겠지. 여하튼 우리가 함께했던 시간 속에 이 옷들도 같이 있었음을 떠올려 주기를 바란다. 아이들이 옷을 통해 내 삼십 대를, 사십 대를 떠올리다 피식 웃었으면 좋겠다. 그 가벼운 웃음으로 아이들 마음속에 자리한 상실과 공허함을 멀리멀리 날려 보내기를 바란다. 그래도 자꾸 눈물이 난다면, 그 눈물이 내 빈자리로 인해 생긴 슬픔을 희석해 주기를 바랄 수밖에.

, because she is so nise

"엄마, 이것 좀 봐봐요! 엄청나게 큰 비눗방울 만들었어요."

큰아이가 내게 말했다.

"응. 진짜 크게 만들었네."

집 밖을 나갈 수 없어서 마당 앞에 앉아 아이들이 노는 걸 아무 생각 없이 보고 있었다.

억양 없는 가짜 감탄이어도 큰아이는 토라지지 않았다. 엄마 눈이 비눗방울을 따라가는 것만으로도 큰아이는 기뻤다. 적어도 자신이 만든 커다란 비눗방울이 터지기 전에 엄마가 봤으니까.

"엄마! 비눗방울이 하늘 위로 올라가고 있어요!"

나는 비눗방울을 눈으로 좇아가다 공상을 멈추고 큰아이가 만든 비눗방울에 집중했다.

"그러네. 저 비눗방울이 어디까지 올라갈까?"

"우주까지 가면 좋겠다."

나는 우주까지 날아갈 수 없는 비눗방울을 보면서 큰아이가 품는 무턱대고 큰 희망의 원천은 무엇인지 궁금했다. 절대 그럴 리 없다는 걸 알고 있는 나는 쓴웃음이 나왔다. 큰아이가 엄마 표정을 읽고 실망할까 봐 쓴웃음에서 쓴맛을 뺐다. 큰아이는 이미 동그란 비눗방울이 바람이 미는 대로 굽혀지고 늘려지는 모습을 보느라 정신없었다. 비눗방울은 한 명의 관객을 위해 재롱부리듯 꿀렁꿀렁 춤췄다. 포커페이스를 한 게 쓸모없어지자 머쓱했다. 그래도 내 속마음을 들키지 않아서 다행이었다.

'우주까지는 안 가더라도 최대한 멀리, 높이 날아가 아이가 덜 실망했으면…' 하고 속으로 생각했다. 잠시 우리는 같은 마음 반, 다른 마음 반을 가지고 비눗방울을 바라봤다. 둥실둥실, 꾸물꾸물, 무지갯빛 얇은 옷을 입고 제 속을 훤히 보여주며 잘도 올라가던 비눗방울이 조용히 터져버렸다.

"아이고. 터져버렸네."

"괜찮아요. 다시 만들면 되죠. 이번엔 더 크게 만들어서 진짜 우주까지 날려봐야지."

늘 그렇듯 아이들은 어른보다 더 나은 생각을 한다. 어른보다 더 회복이 빠른 건 아이들이다.

큰아이가 학교를 마치고 손수 만든 카드를 건넸다. 추수감사절을 맞이해 감사에 대한 주제로 만든 카드였다. 카드에는 커다란 종이와 달리 깨알같이 작은 글씨로 엄마, 아빠에게 감사하는 내용이 담겼다. 카드 가장 마지막 문장의 일부는 ", because she is so nise."였다. 그렇다. 초등학교 2학년인 큰아이는 자신의 모국어인 영어 철자를 가끔 틀린다. 틀린 그 문장이 웃기면서도 유독 순수하게 느껴졌다. 주변에 감사한 사람들이 많을 텐데도 큰아이가 엄마, 아빠를 콕 집어준 덕에 상을 받았다. 내가 잘해주는 것도 없는데 말이다. 솔직하게 고백하자면, 잘 놀아주지도 않고, "하지 마!" "그만!"이라는 말로 못 하게 하는 것도 많다. 갑자기 화내고 짜증 내는데도 나에 대한 한마디가 정말 좋아서라니 내가 받기에는 참으로 과분한 문장이다.

가끔 나는 이런 상을 받는다. 비록 아이들 학교에서 시켜서 받는 엎드려 절 받는 상이지만, 나는 이런 상으로 버틴다. 엄마가 된 지 팔 년 차지만 아직도 육아는 어렵다. 육아서를 읽을 때만큼은 이대로만 하면 잘 키울 수 있을 것 같은 자신감이 채워진다. 책을 덮고 나면 매 순간 아이들이 나에게 응용 변형 문제를 낸다. 그 순간 나는 고개를 끄덕이며 읽었던 육아서 내용은 새카맣게 잊은 채, 육아서를 읽기 전의 나로 돌아간다. 짜증 내고 화내고 소리 지르고 난 후 뒤돌아서 후회한다. 나에게도 아이들에게도 아무런 도움이 되지 않는 후회만 남아 씁쓸하다. 도마 위에서 양파를 썰면서 후회하고, 설거지를 하면서 내 잘못을 복기한다. 상을 받아서 기뻤던 기분은 짧게 스쳐 지나간다. 그런데 한번 자책감이 내 마음에 들어서면, 마치 제집에 들어온 것처럼 자리를 잡아 도통 나갈 생각을 하지 않는다. 특히 아이들이 자기 전에 인사할 때면 가장 미안해진다. 내가 아이들의 하루를 망치지는 않았을까? 아이들의 꿈이 오늘 받았던 상처를 몽땅 지워주기를 양심 없이 바라면서 아이들이 잠들기를 기다린다.

내가 하는 것에 비해 과분한 상을 받았으니 내가 진정 잘해서 받은 것인지 곰곰이 생각해 본다. 나는 상대방이 불편할 정도로 겸손해지다 못해 가학적으로 나를 뜯어보며 자신을 비난한다. 정말이지 나란 인간은 구제 불능이다. 주는 사람의 성의를 생각해 그냥 넙죽 받으면 되는 걸 꼭 여러 번 생각해 의구심을 품는다. 의구심이 나를 마구 흔든다. 내가 좋은 엄마라고 불릴 수 있을까? 아이들을 낳고 누구보다도 아이들을 잘 키우고 싶었다. 좋은 엄마가 뭔지도 모른 채 좋은 엄마가 되자고 다짐했다. 내 품에서 자라는 아이들에게 사랑을 꽉꽉 담아 키우고 싶었다. 험난한 세상에서 꿋꿋하게 버텨낼 수 있는 내공이 있는 아이들로 키우려고 했다. 아이들이 살면서 고난 앞에 쓰러지더라도 다시 일어날 수 있는 힘을 가진 사람으로 크길 바랐다. 솔직하게 이야기하면 해주는 것도 없으면서 이왕이면 아이들이 공부까지 잘하면 좋겠다는 욕심도 가졌다. 손 안 대고 코 풀겠다는 심보다. 잘 키워야겠다는 의욕이 넘칠수록 나 자신이 작아져 내가 쏟아내는 말이 곱게 나가지 못하는 날이 많았다. 자괴감과 자책이 마음속에서 둥둥 북을 울렸다. 의욕이라고 하지만 그건 욕심에 지나지 않는다는 걸 고백한다. 아이들이 내게 바라는 건 그리 많은 게 아니다. 같이 사는 동안 하루하루 작은 이야기들로 채워나가기. 같이 웃고, 속상할 땐 옆에 있어주기. 아이들의 조잘거림을 흘려듣지 않고 들어주기. 그 정도가 아닐까?

다음 날 큰아이를 불러서 옆에 앉혔다.

"근데 나이스 스펠링이 뭐야?"

큰아이의 눈썹 앞머리가 구겨진다. 눈동자가 굴러가는데 머릿속도 열심히 굴러가나 보다. 하나씩 내뱉은 철자는 "n…i…e…s…?" 아이쿠! 이런…. 더 엉망이 됐다.

"그럼, 얼음이 영어로 뭐야?"

"Ice."

"그럼 나이스 스펠링이 뭐야?"라고 묻자, 큰아이의 목소리에 자신감이 들어갔다.

"Nice."

"그치. 맞았어."

정신 승리 하는 것처럼 보일 수 있지만, 큰아이가 nise라고 쓴 덕에 나는 큰아이와 작은 추억 한 조각을 만들었다. 나한테 상을 준 아이에게 내가 그 단어를 고쳐줄 수 있어서 좋았다. 앞으로 큰아이가 경험할 많은 것들이 우리의 오늘을 지울 수도 있다. 그래도 따스하게 기억될 지금을 내가 기억하고, 기록하면 되니까 괜찮다. 그런 기억을 차곡차곡 쌓으면 내 지난날들이 풍성해지겠지. 이건 내가 나에게 주는 큰 상이다.

너의 해피엔딩을 응원해

요즘 잘 지내지 못하는 너에게

안녕?

다시 봄이 왔어. 꽃가루 알레르기 때문에 넌 봄마다 눈이 가렵고, 퉁퉁 붓지. 거기다 연신 재채기하고 콧물도 계속 나고, 밤새 코피까지 쏟으며 고생하지. 너와 달리 따뜻한 봄바람에 흩날리는 봄꽃을 보고 넋 놓는 내가 야속하게 느껴질지도 몰라. 네가 고생하는 이유가 네 방 창문 바로 앞에 있는 커다란 내자작나무▪에 달린

▪ 내자작나무(River Birch Tree): 미국 동부 지역이 원산지인 나무로 성장이 빠르며 범람원, 저지대, 개울과 같은 습한 곳에서 자란다(출처: https://www.picturethisai.com/ko/wiki/Betula_nigra.html).

꽃술이 원인이라는 이야기를 들었을 때, 나는 그 나무를 베어버릴까? 하고, 진지하게 고민하기도 했었어. 아마도 그 한 그루의 나무만 베어서 해결될 일이라면 주저 없이 그 나무를 베어버렸을 거야. 하지만 나는 이 세상의 모든 내자작나무를 없앨 수 있는 능력을 갖춘 사람이 아니거든. 언젠가 네 친구 아빠가 연신 재채기하는 널 보더니 자신도 어릴 때 너처럼 꽃가루 알레르기가 심해서 많이 고생했대. 그러다 어른이 되고 나서 어느새 괜찮아졌다는 거야. 나는 그 말을 듣고 희망을 품었어. 너도 크면 아름다운 봄에 고생을 안 할 수도 있겠다고.

요즘 네 일상은 어떠니? 친구들과 함께 우르르 뛰어노는 게 좋았던 네 일상이 조금씩 어긋나기 시작한 걸 알았을 때 내 마음은 덜컥 내려앉았어. 학교가 끝나고 집에 돌아올 때 너와 이야기하면서 나는 여러 번 놀랐어. 네가 보낸 학교에서의 시간은 내 바람과는 달리 외로운 시간이 많았더라. 혼자 먹는 점심, 혼자 노는 쉬는 시간. 그런 너를 상상하니 나는 몹시 슬프고 놀랐어. 놀란 날 보면 네가 더 슬퍼지고 울적할까 봐 난 애써 안 놀란 척했지. 갑자기 네가 친구들에게 한 발짝 물러선 이유를 알려주지 않아서 답답해. 너는 네 생각과 마음을 어떻게 말로 설명해야 할지 모르겠다고 답답하다고 했지. 우리는 그래서 꽉 막힌 시기에 봉착해 버린 거야. 어떡하지? 내가 아무리 너보다 나이가 한참 많은 어른이어도 모르겠어. 이럴 땐 정말 어떻게 해야 하는지 나도 몰라. 어른이 돼서도 모르는 게 너무 많아. 누가 대신 이 일을 말끔하게 해결해 줬으면 좋겠어. 시간이 약이라는 말을 엄마는 경험해서 알아. 그래서 우리가 눈떴을 때 이 시간이 훌쩍 지나 네가 다시 친구들과 아무 일도 없었던 것처럼 모두 잘 해결된 미래로 껑충 뛰어가면 좋겠다고 생각하기도 했어. 그래, 나도 알아. 이건 헛된 희망이란걸. 지금 너는 얼마나 괴로울까? 내가 널 키우면서 뭘 잘못했을까? 아직도 애착 형성이 덜 된 걸까? 돌이 놓이지 않은 깨끗한 바둑판을 마구잡이로 복기해 보지만, 아무것도 없어서 내 머릿속만 혼란스럽고 정리되는 건 하나도 없어.

정말 슬픈 건, 이건 '네 일'이기 때문에 내가 도와줄 수 있는데에는 한계가 있다는 거야. 나중에 네가 사랑하고 아끼는 누군가가 괴로운 시기를 지나고 있을 때, 네가 바라봐 주는 것 말고 할수 있는 게 별로 없을 때면 지금 내 심정을 이해할 수 있을 거야. 사실 그런 일도 네게 일어나지 않길 바라지만 세상을 살다 보니 그렇지 않아. 괴로운 날은 반드시 우리를 찾아와. 사는 거 참 힘들다. 그렇지?

요즘 너를 보면서 가족은 어떤 관계인지에 대해 많이 생각하게 돼. 우리는 나란히 걷기도 하고, 마주 보기도 하지만 가족이니까 남들이 보지 못하는 서로의 뒷모습을 보게 돼. 네가 걸음마에 성공했을 때 어설픈 걸음으로 환하게 웃으며 내게 안겼어. 그때가 엊그제 같은데 너는 계속 자라 이제는 가방을 메고 학교에 다니지. 네 등보다 큰 가방을 메고 걷던 뒷모습을 보며 '많이 키웠구나.'라고 생각했어. 그런데 말이야, 학교생활을 익숙하게 해내는 모습을 보며 서툴렀던 네가 익숙해지기까지 얼마나 힘들게 노력했을까? 외롭진 않았을까? 그런 생각에 눈물이 나려는 걸 애써 삼킨 적도 있어. 나중에 네가 굽은 내 허리와 앞으로 둥글게 말린 내 어깨를 보면 마음이 아플지도 몰라. 사실 지금 네가 힘겹게 홀로서기하려고 넘어지고 다시 일어서고 다시 넘어져서 비틀거리는 네 뒷모습을 보면서 나는 마음속으로는 울고 있거든.

아직 아무도 알고 있지 않은 사실 하나를 알려줄게. 나는 한때 이 세상에 존재하고 싶지 않았던 적이 있었어. 그런데도 어떻게 어떻게 살아서 여기까지 왔지. 난 너를 낳고도 한동안 아무 감정이 없었어. 그런데 내 품에 안겨 아무 이유 없이 나를 보고 환하게 웃던 네 얼굴을 보고 '그래. 그때 죽지 않고 살아서 참 다행이야.'라고 생각했지. 그때 내가 나를 포기했다면 우리에게 이런 순간은 오지 않았을 테니까. 너는 갓난아기 때부터 자다가도 소리 내며 웃을 정도로 웃음도 많았고, 눈을 마주치면 방긋방긋 웃던 아기였지. 그때 나를 죽지 않게 해준 그 어떻게 어떻게 중 하나가 미래에서 네가 보낸 신호였나 봐. 그러니까 네가 죽을 만큼 힘들 때 네가 혼자라고 느끼게 하고 싶지 않아. 난 네가 손을 뻗으면 닿을 수 있는 곳에서 기다릴게.

한 사람의 엄마가 된다는 것, 한 아이의 보호자라는 자리는 아직도 어려워. 지금 단계를 이해하지도 못했는데 시험 범위가 이미 넘어가 버린 것처럼 말이야. 너희들은 참 빨리 크고, 너희 마음을 읽는 건 참 어려워. 나라는 인간 자체가 완벽하지 않은데 완벽한 엄마가 되려고 하니까 더 엉망이 돼버렸어. 너를 이해해 주고 끌어안아 주는 게 내 역할인데 그게 이렇게 어려운 줄 몰랐어. 사실 일요일에 네게 화를 낸 것도 네 마음도 모르면서 내가 괜히 여러 감정이 엉겨 붙어서 터져버린 거야. 자기 전에 너에게 사과했지만, 그 사과는 충분하지 않았다는 걸 알고 있어. 하루를 후회로 마감하고 제대로 털어내지 못한 채 다시 아침을 맞이하는 게 요즘의 나야.

내가 너 대신 힘들겠다는 말은 너를 아껴서 하는 말처럼 들릴 수도 있지만, 다른 한편으론 네가 겪고 있는 지금의 시간을 과소평가하는 말일 수도 있어. 내가 정말 네 상황에 맞닥뜨리면 과연 난 너만큼 버틸 수 있을까? 난 아닌 것 같아. 마음이 불안하지만 너는 종종 웃기도 하고, 잠깐씩 친구들과 이야기하고, 놀기도 하잖아.

너는 지금 충분히 잘하고 있어. 나라면 그렇게 못 했을 거야. 지금 네가 아프게 견디고 있는 이 시기를 잘 버티고 나면 넌 너와 비슷한 소외감이나 외로움을 느끼는 사람을 알아보는 너만의 주파수가 하나 생길 거야. 며칠 전에 내가 좋아하는 배우가 한 방송에서 이런 이야기를 하더라. "나는 무조건 잘될 거다. 다만 그 과정을 모르겠지만 나는 해피엔딩을 향해 가고 있다."라고. 사실 나는 모든 이야기가 해피엔딩으로 끝나는 걸 바라지 않지만, 우리가 사는 세상에서는 모두가 해피엔딩으로 가는 삶을 살면 좋겠어. 네가 향하는 해피엔딩은 무엇일까? 다시 예전처럼 친구들 무리에 섞여서 신나게 노는 것일 수도 있고, 다른 아이들보다 일찍 외로움에 익숙해지는 것일 수도 있고, 네 마음과 잘 맞는 어느 멋진 친구를 만나는 일일 수도 있을 거야. 어느 쪽을 가도 좋아. 네 마음이 편해진다면 그건 너만의 해피엔딩이니까. 지금 네가 힘들고 답답하고 좌절하고 있지만 그건 너의 엔딩이 아니야. 네가 도착할 수 있는 다양한 해피엔딩으로 가는 과정일 뿐이지. 그 과정이 힘들지만 조금만 더 버텨보고 포기하지 말고 걸어가 보자. 나는 너의 그 모든 과정을 뒤에서 조용히 응원할게.

언젠가 엄마보다 훨씬 더 키가 커진 네가 이 편지를 읽게 되면 나를 꼭 끌어안아 줘. 그럼 나는 네 등을 따뜻하게 쓸어줄게. 우리 그 힘든 시기를 잘 지나왔다고 너는 나를, 나는 너를 대견해하

자. 이건 네가 너무 지치고 삶을 포기하고 싶은 마음이 들 때 어떻게 어떻게 버텨보라는 과거의 엄마가 보내는 신호야. 그러니까 지나치지 말아줘. 그럼, 우리 아무 일 없다는 듯이 또 보자.

안녕.

2023년 4월 20일
엄마가

엄마 잠깐 들어가도 돼?

오랜만에 나를 보는 사람들은 내게 이런 안부 인사를 건넨다. "애들 몇 살이에요?" 해마다 그 질문에 대한 답은 바뀐다. 올해는 초등학교 2학년과 네 살이 그 안부에 대한 답이다. 대부분 그다음 대화의 한 줄은 "벌써? 애들 이제 다 키웠네."다. 나도 그 말에 동의하는 편이다. 밤중 수유를 끊은 지도 오래고, 더 이상 기저귀 갈 일도 없다. 식사 시간이면 각자 수저도 알아서 챙기고, 날씨를 알려주면 아이들은 스스로 옷을 찾아서 입는다. 신발도 혼자 신고 벗고 다 할 줄 안다. 특히 큰아이는 이제 혼자 샤워도 하고, 풀린 신발 끈도 혼자 묶을 줄 안다. 이 정도면 진짜 많이 키웠다.

아이들은 한자리에 멈춰 있지 않는다. 덕분에 어떤 날의 육아는 할 만했고, 어떤 날의 육아는 앞이 캄캄했다. 이런 날 저런 날을 지나 육아를 한 지 벌써 팔 년이 됐다. 한밤중에 아기 우는 소리에 일어나 눈도 못 뜬 채 모유 수유를 하고, 아기를 트림시키고 기저귀를 갈고 재우다 보면 내가 잠이 깨버렸던 때와 비교하면 훨씬 살 만하다. 제 앞가림을 하는 아이들 덕에 편한 걸 즐기기만 하면 되는데 나는 너무 평화로울 때 문득 불안한 마음이 고개를 든다. 마치 신생아가 없는 곳에서 아이 울음소리를 환청으로 들은 것만 같은 불안이다. 부쩍 자란 큰아이가 내가 아닌 친구들과 노는 걸 보며 나는 큰아이와 멀어질 일만 남은 걸까? 아직 손이 더 가는 작은아이의 뒤꽁무니를 따라다니는 나를 보며 큰아이는 내 사랑이 식었다고 생각하진 않을까? 형체 없는 걱정이 내 목덜미를 단단히 잡고 있다.

사실 이런 불안감이 내게 찾아온 이유는 큰아이가 요즘 들어 자주 눈물을 보이기 때문이다. 특히 집에서 있을 때보다 학교 끝난 이후에 더 그렇다. 집이 아닌 곳에서는 내가 잠깐이라도 큰아이의 시야에 벗어나면 큰아이는 갑자기 불안해하고 눈에 눈물이 그렁그렁 고인다. 낯가림이 심한 작은아이의 사회성이 걱정되면 걱정됐지, 사람에게 먼저 다가가는 큰아이의 사회성에 대해서는 의심해 본 적이 없었다. 그런 아이가 갑자기 나를 수시로 찾으며 매달리니 당혹스러웠다. 이 아이에게 무슨 문제가 생긴 걸까?

그날 역시 학교를 마치고 온 큰아이의 기분이 그다지 좋지 않았다. 학교에서 어떤 하루를 보냈는지 물어도 큰아이는 똑같다는 말로 대답을 한 것도, 안 한 것도 아닌 대답을 했다. 하교 후에 신나게 노는 아이들과 달리 큰아이는 내 옆에서 떨어지지 않았다. 나는 가서 친구들이랑 놀아보라고 권유했다. 큰아이는 친구들 쪽으로 터덜터덜 걸어갔다. 큰아이의 뒷모습을 보며 오늘부터라도 큰아이가 다시 친구들과 잘 놀기를 바랐다. 나는 작은아이가 친구와 노는 곳을 따라다녔지만, 마음 한구석에는 큰아이가 과연 다른 아이들과 별 탈 없이 노는 지 걱정됐다.

큰아이의 친구들은 어른들 눈에 띄지 않는 곳으로 조금씩 진격해 나가 자신들만의 기지를 만들며 놀았다. 작은아이는 같은 어린이집에 다니는 친구를 만나 제 오빠와 정반대 쪽인 야구장에서 놀았다. 초조해진 나는 마음은 큰아이 쪽으로 몸은 작은아이 쪽으로 분리했다. 하지만 거리가 너무 멀어 아무리 목을 빼고 본다고 해도 큰아이는 보이지 않았고, 작은아이가 하는 놀이는 눈에 들어오지 않았으니 나는 두 아이를 제대로 본 것이라고 할 수 없었다. 작은아이에게 이제 모래놀이는 그만하고 오빠를 찾으러 가야 한다고 했지만, 작은아이는 모래성이 거의 다 만들어지고 있으니 조금만 기다려 달라고 했다.

출산 후 내 인생은 완전히 바뀌었다. 분유 광고나 영화에서처럼 신성하고 아름다운 엄마와 아이의 시간이 아니었다. 내가 누리던 나만의 시간은 모두 육아에 자리를 내줬다. 잠도, 밥도, 샤워도 다 빠르게 쪼개가면서 해냈다. 육아가 할 만하다 싶을 때쯤엔 작은아이가 태어났다. 이제는 큰아이와 작은아이를 돌보는 시간의 균형을 잡아야 했다. 전보다 난이도가 훨씬 더 높아졌다. 갑자기 태어난 동생으로 인해 독차지했던 관심과 사랑을 뺏긴 큰아이와 태어나자마자 오빠와 모든 걸 나눠야 하는 작은아이 사이의 양팔 저울은 매일 세차게 흔들렸다. 그날 역시 양팔 저울이 중심을 잃은 채 요란하게 흔들렸다.

'촉'은 딱 부러지게 한마디로 설명하기 힘들지만, 무시할 수 없는 그만의 느낌이 있다. 어디선가 들은 말로는 촉이란 평생 한 인간의 뇌에 쌓이고 쌓은 빅데이터라더니. 역시나였다. 큰아이가 같은 반 친구 엄마와 함께 야구장으로 오고 있었다. 고개를 숙이고 걸어오는 큰아이와 나를 가리키던 그녀의 손을 보니 무슨 일이 일어났음을 직감했다. 나는 바로 큰아이와 친구 엄마 쪽으로 서둘러 갔다. 친구 엄마 말로는 큰아이가 기분이 안 좋아 보여서 무슨 일인지 물어봤지만, 아이가 대답하려고 하지 않는다는 것까지 알려주고 그녀는 집으로 돌아갔다. 친구 엄마에게 거듭 고맙단 말을 전했다. 큰아이에게 무슨 일이 있었냐고 물었다. 큰아이는 입을 굳게 다물고 울기만 할 뿐이었다. 큰아이의 눈물을 보자 무슨 일이 생겨도 심상치 않은 일이 생겼구나 싶어 가슴이 철렁 내려앉았다. 작은아이에게 더 단호하게 이야기해서 큰아이에게 갈걸. 도대체 그사이에 무슨 일이 있었던 걸까? 누가 아이를 괴롭힌 걸까? 놀다가 다친 걸까? 친구들과 노는 데 잘 어울리지 못해서 속상한 걸까? 나는 계속해서 안 좋은 쪽으로 걱정했다.

아이들을 다 키웠다며 웃으며 너스레를 떤 것은 내 부끄러운 무지이자 자만이었다. 우는 갓난아이를 내 품에 안고 달래면 울음을 그치고, 재우면 곤히 자던 아기는 이미 팔 년 전에 사라졌다. 아이는 내게서 조금씩 자의 반 타의 반으로 홀로서기를 하는 중이다. 큰아이의 시간과 내 시간이 엇나가는 것처럼 느껴졌다. 나는 역시나 부족한 엄마란 자책을 멈출 수 없었다. 자책이 육아에 전혀 도움이 되지 않는다는 걸 잘 알지만 큰아이가 입을 꾹 다문 채 눈물을 훔치는 모습을 보니 자책하지 않을 수 없었다.

큰아이는 '절대로'라는 단어를 써가며 나에게 어떤 일이 있었는지 말해주지 않겠다고 했다. 말하고 싶지 않은 이유라도 이야기해 줄 수 있냐는 질문에 큰아이는 그 일을 다시 떠올리고 싶지 않다고 했다. 아무래도 많이 상처받은 것 같아 더욱 미안했다. 상처받은 마음을 그만 들쑤시자는 생각에 이야기하고 싶지 않으면 안 해도 된다고 쿨한 척했지만, 솔직히 그 어느 때보다도 무슨 일이 있었는지 알고 싶었다. 한편으론 아이들의 비밀이 점점 더 쌓이고, 나는 앞으로 알 길 없어지겠다고 생각하니 두려웠다. 내 배 속에서 사십 주를 살다 나온 아이들은 탯줄이 끊어지면서 나와는 별개의 또 다른 인격체라는 걸 받아들여야 하는데 자꾸 까먹는다. 나는 하는 수 없이 큰아이가 지킨 침묵을 받아들였다. 그제야 내가 엄마이기 때문에 아이들의 비밀을 영원히 알지 못한다는 걸 깨달았다. 나 역시도 그렇게 컸으니.

나는 육아의 다음 단계에 도착하면 막막해진다. 마치 슈퍼마리오가 커다란 벽 앞에서 혼자 점프해도 벽을 넘을 수 없는 그런 느낌이다. 디딤돌이나 버섯 부스터가 절실히 필요하다. 아이들의 특성을 이제 안다 싶으면 아이들은 벽돌을 쌓아 자기만의 성을 만든다. 팔 년 차 경력이면 꽤 연차가 쌓인 건데도 아이들에 대해 모르는 것 천지다. 모르니까 두렵다. 아이에 대해 다 알 수도 없거니와 내가 알고 있는 아이의 모습과 아이들의 진짜 모습이 같지 않을 테니 두려움은 영원히 사라지지 않을 것이다. 의연한 척, 아이를 감싸주고는 있지만 나는 두려움을 들킬까 봐 아이 앞에서 괜찮은 척하고 있을 뿐이다. 그것 말고는 다른 방법을 모르겠다.

어릴 땐 내가 어른이 되면 모든 걸 통달한 멋진 사람이 될 줄 알았다. 하지만 어른이 돼서도 모르는 것투성이다. 이런 내가 무능하다고 생각했다. 하지만 내게 아무 도움도 되지 않는 나를 깎아먹는 자책은 이제 그만하려고 한다. 매일 균형 잡는 데 실패하는 양팔 저울이지만 나는 흔들리는 양팔 저울의 움직임을 리듬 삼아 아이들 사이에서 춤을 출 수도 있다. 우리 너무 심각해지지 말자고. 이렇게 춤을 추자고. 춤을 추며 털어내자고 이야기해 보면 아이들이 내 손을 잡아줄까? '아이들의 성벽이 높아지는 걸 어떻게 바라볼까?'라는 질문을 내게 던졌다. 긴 고민 끝에 나는 기다리는 엄마가 돼야겠다고 결론 내렸다. 물론 내가 끈기 있게 기다리진 못할 것 같다. 기다림이 길어져 조급해진 내가 아이들이 쌓은 벽을 쾅쾅 두드리기도 하고, 소리도 지를 것 같지만 그렇더라도 아이들이 애써 쌓은 성벽을 부수지는 않기 위해 정신을 바짝 차리려고 한다. 그러다 보면 쪽문을 살짝 열고 아이들이 얼굴을 빼꼼히 내미는 날이 오겠지. 그때 설레는 마음으로 활짝 웃으며 물어봐야겠다. "엄마 잠깐 들어가도 돼?"

좌충우돌 너와 나의 첫 견학

그날이 오기를 손꼽아 기다리는 아이가 있다. 반면 그날이 안 왔으면 하는 엄마가 있다. 시간은 아이의 애간장을 태우며 천천히 다가왔다. 아이는 드디어 그날 아침을 맞이했고, 시간은 자비 없이 흘러 그날 아침이 아이 엄마 눈앞에 냉큼 달려왔다.

그날은 큰아이가 처음으로 견학 가는 날이었다. 큰아이는 친구들과 스쿨버스를 타고 공원에 가서 제왕나비에 대해 배우고 점심을 먹는 모든 과정에 기대감으로 잔뜩 부풀어 있었다. 스무 명이 넘는 아이들을 담임선생님 혼자 통솔하기란 어렵고 위험한 일이다. 만에 하나 일어날 사고를 미연에 방지하고자 각 학급에서 원하는 학부모들에게 일일 도우미를 신청받았다. 큰아이는 추첨을 통해 학부모가 함께 견학에 참여할 수 있는 흔치 않은 기회를 내가 꼭 잡기를 바랐다. 큰아이가 지난 몇 주간 학교생활을 힘들어했기에 나는 큰아이의 바람을 꺾을 수 없었다. 다른 학부모들의 열화와 같은 성원으로 내가 똑 떨어지면 참 좋겠다는 음흉한 마음으로 신청서를 제출했다. 그렇지만 신청서를 제출하면서 나는 누구보다도 큰아이의 심리상태를 잘 알고 계신 담임선생님께서 이를 지나치지 않을 것을, 이것은 내가 피할 수 없는 내 운명임을 직감했다. 4월 마지막 목요일 오전에 아이와 함께 스쿨버스를 타고 갈 미래의 내가 보였다. 담임선생님의 세심한 배려로 내 신청서는 바로 채택됐다. 예전에 내가 샀던 로또가 이렇게 당첨됐더라면…. 나는 아이의 즐거운 첫 견학을 위해서라면 기꺼이 모시 적삼을 입고 한겨울 눈보라 속으로 걸어가는 비장함을 품고 '그날'을 맞이하기로 했다. 하지만 견학 날이 오기 며칠 전부터 양치하다가도 견학 갈 생각에 "으악!" 작게 비명을 지르고, 책을 읽다가도 머리를 감싸 쥐고 "내가 왜 그랬을까!" 하며 후회했다.

일일 도우미가 할 일은 네 개다. 가장 중요한 일은 인원 체크다. 견학에서 가장 큰 사고는 아이의 실종이다. 맡은 조의 아이들을 수시로 확인하고 이동할 때 더 각별히 신경 써서 통솔해야 한다. 두 번째는 아이들의 도시락과 물병 관리다. 아이들의 이름이 적힌 도시락과 물병을 확인한 후, 한곳에 모아 스쿨버스에 옮기고, 점심시간에 나눠 줘야 한다. 세 번째는 화장실로 아이들을 인솔하는 것이다. 아이들은 학교에서 출발 전, 공원에서 떠나기 전에만 화장실을 이용할 수 있다. 혹시 모를 아이의 이탈이나 실종을 막기 위해서다. 마지막으로 점심시간에 아이들이 가져온 음식을 서로 나누지 않고, 아이들의 도시락이 바뀌지 않도록 관리해야 한다. 간식을 나눠 먹으려는 아이들의 착한 마음을 모르는 건 아니지만, 혹시라도 특정 식재료에 알레르기가 있는 아이가 있다면 문제가 된다. 나눠 먹는 음식으로 인해 심각한 경우, 기도가 부어서 호흡곤란이 오는 큰 사고로 이어질 수 있기 때문이다.

나는 낯가림도 심한 편인 데다 영어까지 서툴러 아이들을 지도하는 게 부담스러웠다. 부담감으로 인해 내가 아이들 앞에서《오즈의 마법사》에 나오는 녹슨 양철 나무꾼처럼 삐그덕댈 것이 분명했다. 그런 내 모습이 우스꽝스럽다고 아이들이 웃으면 어떡하지? 내 영어를 아이들이 못 알아들으면? 아이들이 내 말을 무시하면 어떡하지? 내가 실수하면 어떡하지? 누구 하나라도 다칠까 봐, 최악의 경우 누구 하나 없어질까 봐 걱정했다. 지난 일주일 동안 매일 "아 뭐 해 먹지?"와 "견학 때 나 어떡하지?"를 입에 달고 살았다. 나는 첫 도전을 항상 무서워한다. 미리 머릿속으로 시뮬레이션하고 반복적으로 연습하면서 불안한 마음을 다스린다. 그러나 견학은 도저히 내가 시뮬레이션하거나 연습할 수 없었다. 불안감은 망망대

해 속 폭풍처럼 나를 집어삼켰다. 폭풍 같은 불안은 조금도 잠잠해
질 기미가 보이지 않았다.

　　그날 아침이 밝자, 나는 세수를 하다가도 "으악!" 옷을 갈아입
으면서도 "으악!" 혼자 007 빵 게임을 하면서 학교 갈 준비를 했다.
아침밥을 먹을 때도 배고프면 안 되니까 든든하게 먹어야 할지 아
니면 공원에서 화장실 가면 안 되니까 가볍게 먹어야 할지 이랬다저
랬다 고민하다 결국 허둥지둥 집을 나섰다. '24시간 중 3시간은 짧
다. 나는 할 수 있다. 나는 해내야만 한다. 으악!' 속으로 울면서 학
교에 도착했다. 교실에 도착하자 나를 확인하고 큰아이가 해맑게 웃
으며 손을 흔들어 인사했다. 그렇다. 나는 저 미소를 위해 일일 도우
미를 신청했다. 그렇게 내 후회는 큰아이의 미소로 한 꺼풀 걷혔다.
반 친구 중 나와 구면인 몇몇 아이들이 조용히 손을 들어 인사해
주자 삐걱대던 내 마음에 윤활유가 뿌려져 조금씩 긴장이 풀렸다.

　　그러나 편안해진 마음은 그리 오래가지 못했다. 담임선생님이
나눠준 종이에 적힌 내가 통솔해야 하는 아이들 이름과 내가 해야
할 일의 목록을 보니 또 심장이 나대기 시작했다. 인솔해야 하는
아이들은 다섯 명이라 비교적 적은 인원이었다. 그런데도 다섯 아
이들이 날 잘 따라줄지 몰라 다시 걱정됐다. 아이들의 도시락과 물
통을 거두기만 했는데도 땀이 났다. 설상가상으로 스쿨버스가 학

교로 오는 길이 교통사고 수습 중이라 학교에 오는 시간이 지연됐다. 예상치 못한 일이 발생하자 나는 더 긴장했다. 솔직한 심정으로 못 하겠다고 하고 집으로 뛰쳐나가고 싶었다. 그렇지만 큰아이의 남은 학교생활에 구정물을 끼얹을 수는 없었다. '이건 별일이 아니다.'라는 말만 되새기며 마음을 애써 다스렸다.

우리 동네 초등학교는 주택가 안쪽에 있어 대부분 학생은 걸어서 통학이 가능하다. 일부 학생들을 제외하면 아이들에게는 견학 날이 처음으로 스쿨버스를 타는 날이다. 아이들과 학교 건물을 나와 스쿨버스를 기다렸다. 아이들은 스쿨버스가 시야에 들어오자 흥분했다. 가만히 있지 못하고 방방 뜨고 소리를 지르며 열광했다. 그 순간 스쿨버스는 거대한 사랑을 받았다. 아이들의 흥분은 스쿨버스를 타고 나서도 이어졌다. 아이들은 각자 발견한 것들을 이야기하고 장난치고 웃고 떠들었다. 그사이 나는 기가 탈탈 털렸다. 몇 번 조용히 가자고 설득했지만, 내 설득의 효력은 10초를 넘기지 못했다. 스쿨버스가 동네를 벗어나고 나무가 우거진 길에 들어서자, 나는 고개를 들어 창밖을 봤다. 창밖에서 발견한 청량한 초록색 나뭇잎을 보며 생명의 순환과 아름다움에 빠져들었다. 겨우내 가지가 앙상했던 나무가 봄이 된 지 얼마 된 것 같지도 않은데 잎이 무성하게 나 이제는 제법 햇살도 가려주고 나무 티가 나는 게 꼭 아이들 같았다. 내 품 안에서 꼬물대던 갓난아기가 언제 이렇게 커서 견학을 간다고 스쿨버스까지 탄 걸까? 장난기 가득한 이 녀석들도 각자 엄마, 아빠 품에서 새근새근 잠들다 이렇게 훌쩍 커버렸겠지.

공원에 도착한 아이들은 여러 가지 흥미로운 방법으로 제왕나비에 대해 배웠다. 활기차고 웃음이 떠나지 않는 아이들과 나도 함께 웃고 배웠다. 시간이 흘러 점심시간이 되자 아이들과 함께 돗자리를 펴고 옹기종기 모여 앉아 점심을 먹었다. 들뜬 아이들은 도시락통을 열어 하나씩 보여주며 자랑하거나 불만을 이야기하느라 바빴다. 엉뚱함과 순수함으로 가득 찬 아이들이다. 서로 하고 싶은 이야기가 많아 쉬지 않고 이야기하고 웃던 아이들의 모습을 보니 어느새 나도 편해졌다. 사람 사이에서 말과 웃음이 섞이면 정이 쌓인다. 내가 괜히 아이들에게 겁을 먹은 것뿐이었다. 아이들은 내 말을 잘 들어줬고, 내 어설픈 행동을 보고도 날 잘 따라주고 도와줬다. 아무도 날 놀리거나 무시하지 않았다. 나를 불안하게 한 건 내가 열심히 쌓아 올린 걱정뿐이었다. 점심을 다 먹고 함께 뒷정리한 후, 화장실로 갔다. 스쿨버스를 타기 위해 줄을 세우면서 나는 아이들의 어깨를 아주 살며시 잡으며 이동했다.

우리가 탄 스쿨버스는 우리가 왔던 대로 다시 돌아갔다. 아이들은 지쳤는지 출발할 때보다 조금 조용해진 목소리로 이야기했다. 학교와 가까워지자, 담임선생님이 어디론가 전화하고 금방 끊었다.

그리고 반 아이들에게 왼쪽 창문을 보면 선생님 아기가 있다고 알려줬다. 작년 크리스마스 직전에 태어난 선생님 딸은 할머니 품에 안겨 선생님 집 앞마당에서 영문도 모른 채 스쿨버스가 지나가는 걸 보고 있었다. 선생님 딸을 본 아이들은 테일러 스위프트를 발견한 것처럼 창문에 붙어 격하게 환호성을 지르고 손을 흔들었다. 스쿨버스와 선생님 딸은 순식간에 멀어졌지만, 그 짧은 시간 동안 선생님은 오늘 하루 중 가장 빛나는 순간을 보냈다. 그리고 우리는 그 순간을 함께 목격했다. 사랑을 표현하는 건 꼭 거창하고 엄청난 정성을 쏟아부어야 할 필요는 없다. 사랑하는 사람을 위해 찰나의 시간이라도 내어줄 수 있는 마음, 그 잠깐이라도 좋다는 열린 마음이라면 사랑은 한 사람의 마음에서 다른 사람의 마음으로 안전하게 도착한다.

교실에 도착해 남은 도시락과 물병을 아이들에게 돌려주는 걸 마지막으로 내 임무는 모두 끝났다. 처음에 몰랐던 아이들의 얼굴과 이름도 외우고 아이들의 어깨에 손을 얹어도 어색하지 않았던 건 우리가 함께 시간을 나눴기 때문이다. 아이들의 고맙단 인사를 가슴 가득 담아 집으로 돌아왔다. 오는 내내 오늘 일일 도우미 하길 참 잘했다고 큰아이에게 영광을 돌리고 나 자신을 칭찬했다. 집에 도착하자마자 남편에게 내년에도 일일 도우미를 신청할 거라고 했더니 남편이 손사래를 친다. 혼자 걱정을 싸매고 다 죽어가더니. 왜 그러냐고. 왜 그러긴. 아이들이 너무 사랑스러워서 그러지!

위대한 발견자들

아이들은 위대한 발견자이자 질문가다. 호기심은 왕성하지만, 선입견 없는 아이들이 발견한 것은 내가 이제껏 살면서 보지 못했던 것들이다. 아이들의 발견과 질문은 내게 새로운 세상을 보여준다.

이 년 전, 큰아이와 동네 산책을 했다. 큰아이가 위를 보라며 알려준 덕분에 나는 작은 딱따구리가 나무를 열심히 쪼아대는 모습을 난생처음으로 직접 볼 수 있었다. 우리는 그 모습을 넋 놓고 봤다. 큰아이가 주변에 놀고 있는 아이들과 그 부모들에게도 까마귀가 있는 곳을 알려줬다. 순식간에 열 명 넘는 사람들이 고개를 들어 작은 딱따구리가 집 짓는 모습을 함께 구경했다. 그 후로 우리는 종종 집 근처에서 딱따구리가 열심히 나무를 쪼아대는 소리를 들으면 지나치지 않는다. 딱따구리 소리가 규칙적이고 우렁차게 울려 퍼질 때 우리는 성실하게 삶을 살아가는 한 생명체의 모습을 직접 보지 않아도 머릿속에 떠올릴 수 있다.

큰아이는 매주 금요일 오후에 친구들과 함께 테니스를 배운다. 그동안 나는 작은아이와 테니스장 근처에서 기다린다. 지난주에는 작은아이가 같이 기다리는 또래 친구들과 한참을 신나게 돌아다녔다. 제 손보다 큰 솔방울을 어디서 찾았는지 한 아름 들고 왔다. 솔방울을 모아보니 스무 개가 넘었다. 봄방학이라 다른 친구들이 테니스 수업에 오지 않았다. 같이 놀 친구가 없어진 작은아이는 기다리는 내내 지루해했다. 나는 지난주에 이어 솔방울을 다시 한번 찾아보라고 했다. 작은아이의 솔방울 탐험은 시작한 지 얼마 지나지 않아 싱겁게 끝나버렸다. 큰아이가 있는 테니스장을 바라보는 나를 작은아이가 톡톡 치며 죽은 새가 있다고 했다. 처음엔 무슨 뚱딴지같은 소리인가 싶어 작은아이의 얼굴만 뚫어져라 쳐다봤다. 작은아이는 재차 이야기를 해도 내가 이해하지 못하자 나를 이끌고 갔다. 키 큰 나무 몇 그루와 나무 덤불 사이에 새가 고이 누워 있었다.

죽은 새를 처음 마주한 소감은 솔직히 무섭고 꺼림칙했다. 죽은 새 깃털에 숨어 있을 박테리아나 병균이 더럽고 위험하다고 생각했다. 나는 죽은 새를 발견한 자리에서 단 한 발짝도 움직일 수 없었다. 나를 대신해 작은아이가 살금살금 다가가 죽은 새 옆에 몸을 웅크리고 앉아 말없이 지켜봤다. 작은아이의 생각이 궁금했다. 작은아이의 머릿속에는 수많은 궁금증과 추론들이 입김에 불어져 나온 비눗방울처럼 연달아 떠오른 듯했다. 작은아이는 나를 보며 질문을 쏟아냈다. "새는 왜 죽었을까?"라고 묻더니 번뜩 생각난 듯 "아! 사냥꾼이 사냥해서 그런 거예요."라고 결론을 짓다가 이내 "아마도 엄마, 아빠를 놓쳐서 죽은 것 같아요."라고 했다. 다시 죽은 새를 보며 작은아이가 한 마지막 말은 "죽어서 불쌍해."였다.

작은아이가 던진 그 한마디는 '삶은 고행이다.'라고 단정 짓는 내 시선을 정면으로 반박했다. 사는 것이 죽는 것보다 더 낫다는 직관적인 시선은 어차피 나중엔 다 죽을 텐데 뭐하러 이리도 아등바등 사는 건가 하며 살아 있는 현재를 건너뛰고 죽음에 무게를 더 두는 나를 부끄럽게 만들었다. 나는 살아 있기에 두 다리로 서 있고, 어디든 갈 수 있고, 두 팔로 아이들을 안을 수 있고, 아무 힘들이지 않고 숨 쉬고 있다. 그런 행위가 너무 자연스러워서 살아 있음을 도외시한다. 나는 언제 마지막으로 살아 있음에 경이로워하고 감사했던가? 환희와 고통 사이에 있는 무수한 감정의 스펙트럼도 내가 살아 있기에 느낄 수 있다. 매 순간 무의식적으로 호흡하 듯, 삶을 너무 무의미하게 받아들였다. 한번 흘러가면 돌아오지 않 을 소중한 순간들을 놓치며 살고 있다. 다 놓치고 나서야 시간이 빠 르다는 말만 중얼거린다. 나는 참 어리석게 살고 있다.

두 눈을 감고 곤히 잠든 것처럼 죽은 새로부터 4~5미터 떨어 진 곳에 누군가 마시고 버린 이온 음료병이 있었다. 새와 병은 다 비어 있었다. 반대편으로 30여 미터 떨어진 곳에서 큰아이 또래 아 이들이 테니스를 배우느라 뛰어다녔다. 테니스장 바로 옆에 있는 농구장에서 혈기 왕성한 청소년들이 요란한 소리를 내며 농구 경 기를 하고 있었다. 그들은 골을 넣으면 환호하고 골을 넣지 못하면 탄식했다. 어린이와 청소년이 움직이는 시간은 생동 그 자체였다. 삶은 움직임과 소리로 존재감을 드러내고 감정을 담아낸다. 태양 이 한껏 달궈놓은 공기가 한 김 식을 때쯤이면 왁자지껄했던 생기 는 각자 집으로 돌아간다. 적막해진 후에야 새와 병은 그곳 풍경에 녹아든다. 하지만 머지않아 시간은 풍경을 바꾼다. 죽은 새는 몇 주 안에 부패해 소멸하지만, 버려진 플라스틱병은 오백 년간 사라지지 않는다. 그 둘의 삶은 죽고 버려져서 끝났지만 거기서 끝난 게 아니 다. 존재와 무존재로 또 한 번 갈린다. 존재와 무존재 중 누가 더 외 로울지는 산 자로서 알 길이 없다. 큰아이의 테니스 수업이 끝났다. 우리는 새와 병을 남겨두고 떠났다. 다음 테니스 수업을 들으러 가

면 생명을 다한 새와 유용을 다한 빈 병은 아마 사라지고 없을 것
이다. 나는 빈자리를 보면서 공허함을 느끼겠지만, 빈자리를 보는
작은아이는 또 무엇을 발견할지 어른인 나는 아무것도 모른다.

밤밤밤

혹시 갈비찜을 좋아하시나요? 갈비찜을 좋아한다면 왜 좋아하시나요? 제가 갈비찜을 좋아하는 이유는 갈비찜 양념이 쏙 밴 밤을 좋아하기 때문입니다. 밤은 갈비찜의 고명이라서 주재료인 갈비와 달리 적게 들어 있습니다. 그래서 저는 갈비찜에 있는 밤이 더 귀하게 느껴집니다. 갈비찜에 밤을 너무 일찍 넣어버리면 밤이 반으로 갈라지거나 심지어 잘게 부서져 버립니다. 그래서 갈빗살 사이에서 온전한 모습으로 숨어 있는 알밤을 발견하면 해적이 보물섬을 찾은 기분, 혹은 심마니가 산삼을 발견한 느낌 같다고 할까요? 저는 잽싸게 젓가락으로 밤을 집어 제 입으로 쏙 넣습니다. 그럴 때면 짜릿한 쾌감도 느껴지죠. 행복은 멀리 있는 것이 아니라 바로 내 입안에 있구나 하고 저절로 미소가 번집니다. 결혼한 첫해에 시어머니는 갈비찜에서 밤만 골라 먹는 제 모습을 보시고 매년 가을 알밤을 구해 주십니다. 올해도 시어머니께서 알밤을 한가득 챙겨주셨습니다. 밤에 진심인 제가 요 며칠 밤을 까면서 한 생각을 여러분에게 들려드리겠습니다.

밤은 적개심을 많이 품은 견과류입니다. 알밤을 먹으려면 무려 세 개의 껍질을 까야 합니다. 뾰족한 가시가 있는 밤송이와 단단한 겉껍질 그리고 다시 얇은 속껍질까지 벗겨야 합니다. 보통 귀찮은 일이 아닐 수 없지요. 밤을 감싸고 있는 건 뾰족하고 촘촘한 밤송이의 가시입니다. 자칫 잘못해서 밤송이에 찔리면 눈물이 쏙 빠질 정도로 아픕니다. 그런데도 밤송이에서 밤을 꺼내 먹을 생각을 한 사람은 누구였을까요? 그게 사람인지 동물인지 모르겠지만 누가 됐든 저는 큰절을 올리고 싶을 정도로 감사합니다. 만약 제가 난생처음 밤을 봤다면 아마 무시무시한 가시를 보고 그냥 지나쳤을 겁니다. 저와 달리 밤송이 안을 들여다본 호기심이 있는 그분, 호기심을 넘어 기어코 밤송이를 벗겨낸 그분의 의지, 그리고 밤을 먹어본 그분의 용기에 기립박수를 치며 존경을 표하고 싶습니다. 가시투성이 밤송이를 벗겨낼 때까지 얼마나 많이 가시에 찔렸을까요? 마음처럼 밤송이가 벌어지지 않아서 화났을 법도 한데 끝까지 포기하지 않았던 끈기 또한 존경받아 마땅합니다.

혹시 밤송이를 까본 적이 있나요? 제가 처음 밤송이를 깠을 땐 요령을 몰라서 허둥대다 가시에 여러 번 찔렸습니다. 밤송이를 잘 까려면, 잘 벌어진 밤송이를 골라 벌어진 부분을 하늘로 향해 놓습니다. 그리고 한 발씩 벌어진 밤송이를 눌러 고정한 후 바깥쪽으로 살살 힘을 실어 밟으면 밤이 툭 하고 나옵니다. 여러 번 하고 나면 그때부터는 요령이 생겨서 한결 수월해집니다. 무엇이든 익숙해지려면 시간이 걸리지요. 하지만 익숙해졌다고 방심하는 사이 밤송이에 발이 찔릴 수도 있습니다. 그래서 안일한 태도는 항상 경계해야 합니다. 밤송이라고 다 깔 수 있는 것도 아닙니다. 밤이 얼추 익어야 밤송이도 말랑해져서 벗기기 쉽습니다. 익지 않은 밤을 억지로 까기란 어려울 뿐만 아니라 성공해도 밤에선 떫은맛만 납니다. 무슨 일이든 때가 있는 법입니다. 우리는 기다리고 버텨야 할 때 그저 묵묵히 기다려야 합니다. 밤이 익어가는 가을을 기다리듯 말이죠.

밤은 달콤한 속살 때문에 벌레가 금방 생깁니다. 밤은 작은 크기에 비해 열량이 높기 때문에 앉아서 먹다 보면 살이 금방 붙습니다. 그래서일까요? 밤벌레는 유독 다른 과일이나 야채에 있는 벌레보다 훨씬 통통합니다. 밤벌레의 생명력은 지독하다 싶을 정도입니다. 아무리 밤을 물에 불려도 밤벌레는 밤 속에서 잘 살고 있습니다. 그래서 밤벌레가 밤을 다 먹어버리기 전에 밤을 잘 처리해야 합니다. 우리도 마찬가지 아닐까요? 제가 아끼는 것은 제 곁에 있을 때 소중히 관리해야 합니다. 그 대상이 내가 사랑하는 사람이든, 보물 1호든 말입니다. 다시 밤 이야기로 돌아가서 찐 밤을 찬물에 후루룩 씻어서 단맛을 살립니다. 그다음 밤의 가장 딱딱한 윗부분을 힘줘서 칼로 깝니다. 이때 힘 조절을 잘해야 손을 안 다칩니다. 나머지 겉껍질 부분을 벗겨낼 때는 조금 힘을 빼면서 아래 방향으로 벗겨냅니다. 얇은 속껍질이 나오면 그때는 칼끝으로 움푹 파인 부분을 찾아 살짝 뜯어냅니다. 그때부터는 손으로 살살 결을 따라 뜯어내면 알밤의 모양 그대로 먹을 수 있습니다. 하지만 이렇게 손이 아프게 깠는데 밤 안에 밤벌레가 익어서 죽어 있거나, 이미 밤벌레가 먹어서 밤이 반 이상 시커멓게 변해버린 걸 보면 너무 속상하죠. 공들인 일이 모두 잘되진 않으니까요. 하지만 실망하고 다 버리기엔 알밤도 우리 인생도 너무 아깝습니다. 속상하지만 꾹 참고 버릴 건 버리고, 살릴 건 살려서 제가 원하는 걸 조금이라도 얻어야 합니다.

이제 정성껏 깐 밤을 먹을 때가 왔습니다. 그중 가장 크고 통통한 녀석을 제 입으로 넣습니다. 밤껍질 까느라 고생한 나에게 이 정도 보상은 필요하니까요.

보아야 들리는 소리들

"무궁화꽃이 피었습니다."를 외치고 뒤돌아본 순간 생각지도 못한 봄이 다가왔다. 발뒤꿈치를 들고 최대한 가벼운 발걸음으로 통통 뛰어온 봄은 매번 나를 놀라게 한다. 작년에 발견했던 그곳에서 이파리를 돌돌 만 튤립이 흙을 뚫고 나왔다. 튤립은 배배 꼰 몸을 조금씩 펴면서 내게 인사를 건넨다. "안녕. 날 잊진 않았겠지? 작년에 날 보고 엄청나게 좋아했잖아. 난 여전히 이 자리에 그대로 있어. 일 년 동안 잘 지냈니?"라고. 이사를 하고 처음 맞이했던 봄, 예상치 못한 곳에서 튤립을 발견하고 방방 들떴을 때, 그 설렘을 잊지 않을 줄 알았다. 하지만 튤립이 지고 난 후 나는 세 계절 동안 튤립이 있던 자리를 잊은 채 무심히 밟고 다녔다. 다시 고개를 내

민 튤립을 보자 나는 조금 미안했다. 영원할 것 같은 마음도 금세 지나가 버렸단 걸 인정해야 했다. 설렘이 휘발되고 나면 편해지고 익숙해진다. 익숙해지면 설렌 감정은 날이 무딘 칼처럼 제대로 된 힘을 발휘하지 못한다. 튤립이 나던 자리에 대한 감정은 여러 얼굴로 일 년 사이에 나를 통과했다.

　　우리 부부는 이번 봄에 일 년간 고민했던 일을 실천하기로 했다. 앞마당과 뒷마당에 있는 나무들을 가지치기하기로 했다. 우리 마음대로 나무를 쳐내는 것 같아 여러 번 망설였다. 하지만 내자작나무는 큰아이 방 창문은 물론 지붕까지 가지를 뻗었다. 이사 후 맞이했던 첫 봄, 큰아이는 내자작나무에서 떨어지는 꽃술로 인해 수시로 코피를 흘리며 고생했다. 제 방에서라도 편히 지내는 게 좋겠다 싶어 전문 업체에 연락했다. 작업하시는 분들께 잔가지뿐만 아니라 제법 굵은 나뭇가지도 다 쳐내달라고 했다. 그 부탁은 마치 몇 년간 길렀던 머리를 싹둑 자르고, 내친김에 앞머리까지 자르는 과감한 선택이었다. 문제는 앞머리 길이가 4센티 정도로 댕강 잘린 것 같이 우리 집 나무 모습은 모두 어색해 보였다. 왜 그렇지 않겠는가. 나무가 뻗어나간 대로 두지 않고 인간들 편의에 맞게 잘린 나무는 어색함을 넘어 우스꽝스러웠다. 그래도 큰아이 방에 햇볕이 조금 더 들어와 밝아지고 꽃가루도 덜 들어올 테니 하길 잘했다고 자기 합리화를 하며 마음을 다독였다.

그 후로 '똑… 똑…' 들리지 않던 소리가 들렸다. 맑은 하늘에서 떨어지는 빗방울 소리가 아니었다. 어디서 물 새는 소리인가 하고 지붕을 올려다봤다. 물이 떨어지는 곳은 하늘도 아니고 지붕 처마도 아닌 잘린 나뭇가지였다. 나무 아래 땅을 보니 빗방울보다 훨씬 큰 물방울로 땅이 얼룩졌다. 실제로 나무는 뿌리에서 물을 빨아들여 기둥에서 나뭇가지를 거쳐 나뭇잎까지 전달한다고 한다. 우리 집 나무는 가지가 잘린 줄도 모르고 힘껏 땅에서 빨아들인 물을 나뭇잎까지 보내고 있었다. 하지만 잘린 나뭇가지 끝에서 물은 갈 곳을 잃고 뚝뚝 떨어지고 있었다. 이유를 알고 나니 그 물은 더 이상 물이 아니었다. 물이 아니라 눈물이고, 눈물이 아니라 피눈물이었다. 잘려나간 나무는 우스꽝스러워 보이지 않고 아프고 슬퍼 보였다.

가지치기하고 나흘이 지나도 물은 계속해서 굵게 떨어지고 있다. 우리 집 우편함 쪽에 있는 나무 아래에는 걸터앉기 좋은 돌이 있는데 그 위로도 물이 뚝뚝 떨어진다. 인간들 때문에 사지가 잘려나간 나무가 고통으로 눈물을 흘린다. 나무의 뿌리를 덮어주고 있는 흙도, 나무 아래에 있는 돌도 나무가 흘리는 눈물을 받아주며 같이 울고 있다. 대신 아파해 줄 수 없으니 슬픔이라도 나누는 모양이다. 나는 제멋대로 나무의 사지를 잘라버린 죄인이라 나무 옆을 지나갈 때마다 미안하다.

학교를 마친 큰아이는 신발을 제멋대로 벗고 집으로 들어왔다. 제발 신발을 벗으면 신발장에 넣으라는 잔소리를 하며 큰아이의 신발을 신발장에 넣었다. 그러다 큰아이의 조금 낡은 운동화 뒤축을 봤다. 곧이어 신발을 뒤집어 신발 밑창을 자세히 봤다. 항상 신발 앞코를 눌러 큰아이의 신발이 작아졌는지만 확인했는데 그날은 이상하게 큰아이의 신발 밑창을 확인하고 싶었다. 생각보다 밑창이 꽤 많이 닳았다. 작년 말에 사줬던가… 올해 초에 사줬던가…. 분명한 건 추운 날 비를 맞으며 온 가족이 서둘러 신발가게로 들어간 기억뿐이다. 정확히 언제 사줬는지는 도통 기억나지 않는다. 따스한 봄이 된 지금, 큰아이의 운동화는 여느 운동화가 아닌 큰아이 발에 맞춰진 큰아이만의 운동화가 됐다. 운동화는 큰아이의 발걸음 모양대로 닳았다. 신발 끈은 묶이고 풀리길 반복해 조금 느슨하게 운동화를 감쌌다. 신발 끈 끝부분도 여러 번 밟혀 단단했던 마감 끝이 풀렸다. 큰아이의 등굣길에 운동화는 나보다 먼저 봄이 온 걸 알아챘을까? 큰아이의 운동화는 큰아이와 함께 학교에 다닌다. 친구들과 학교 놀이터에서 놀 때, 점심시간이나, 도서관에서 책을 빌릴 때도, 체육관에서 큰아이와 같이 뛴 운동화가 어쩌면 나보다 더 큰아이를 잘 알지도 모르겠다. 이 운동화가 닳을 동안 나는 아이의 발소리를 아예 듣지 못했다. 우리가 나란히 걸을 때조차도.

나무에서 물이 떨어지는 속도가 조금씩 느려지고 있다. 곧 나무도 자기 가지가 잘려나갔다는 사실을 알게 될 것이다. 더 이상 뻗어나갈 곳이 없다는 걸 알면 나무는 회복을 위해 다시 자란다. 잘린 가지 끝에서 물이 떨어지지 않고, 날카로운 톱 자국을 에워싸는 부드러운 새살이 돋을 것이다. 가지는 햇볕을 따라 뻗어가고, 가지 안의 물줄기 덕에 나뭇잎이 새로 나올 것이다. 아이들은 여러 신발을 갈아치우면서 어른이 되고, 조잘대던 아이들은 사춘기를 지나면서 굳게 입을 닫을 것이다. 앞으로 내가 아이들 운동화 밑창을 얼마나 더 볼 수 있을까? 아이들이 다 커서 자기만의 보금자리를 찾아 떠나면 나는 아이들 발소리도 듣지 못하고 닳아버린 밑창도 보지 못하겠지. 그때 내 곁에는 과연 무엇이 남아 있을까? 키가 훨씬 커진 나무와 더 길어진 적막만이 남아 있겠지.

부주의와 망각

이 모든 것의 시작은 부주의였다. 청소용으로 과탄산소다 (Sodium Percarbonate)를 산다는 걸 영어로 다 검색해 놓고서는 막상 구매한 것은 수산화나트륨(Sodium Hydroxide)이었으니, 처음부터 내 불찰이었다. 한 달 전, 주말 외출을 마치고 집으로 돌아와 남편은 잠시 눈을 붙였다. 마침, 아이들도 같이 잘 놀고 있었다. 그사이 나는 머리카락으로 꽉 막힌 욕실 배수구를 뚫기 위해 과탄산소다인 줄 알았던 수산화나트륨으로 종이컵 절반을 채웠다. 그리고 수산화나트륨인 줄 몰랐던 가루를 꾸덕꾸덕한 질감의 젤 형태로 만들기 위해 뜨거운 물을 종이컵에 받았다. 그때 종이컵에서 눈을 떼지 않았다면 다치지 않았을 텐데. 하지만 나는 다른 곳을 보고 있었다. 수산화나트륨이 섞인 뜨거운 물이 컵에서 넘치는 바람에 나는 화상을 입었다. 장갑을 끼지 않고 맨손으로 청소한 것 역시 잘못이었다.

집안일을 하며 여러 번 데어봤기 때문에 처음에는 별 대수롭지 않게 생각했다. 늘 하던 대로 찬물을 틀어 손을 식혔다. 문제는 찬물로 아무리 손을 식혀도 손은 괜찮아지지 않았다. 오히려 점점 더 뜨거워졌다. 나중에 알고 보니 수산화나트륨은 물로 잘 씻기지 않는 강한 염기성 물질이라서 산성 물질로 중화시켜야 한다. 그러나 그때 나는 아무것도 몰랐다. 1시간 넘게 찬물로 씻어냈지만, 통증은 여전했다. 결국 남편의 도움으로 주말 야간 진료 하는 병원으로 가서 치료받았다. 그때 차 안에서 느꼈던 고통은 다시는 겪고 싶지 않을 정도로 끔찍했다. 애를 두 번 낳아본 사람으로서 진지하게 이야기하건대 진통보다 더 아팠다. 내 살이 녹고 있었으니 그러지 않았겠는가.

병원에서 진료받는 중에도 손가락이 타들어 가는 듯한 고통이 계속됐지만 참아야 했다. 어른이니까. 혹여나 내가 소리 지르거나 움찔하면 치료하는 의료진이 놀라서 제대로 진료할 수 없을 테니까. 나는 이 악물고 참았다. 그 고통을 아는지 모르는지 전문 간호사는 화상 크림을 듬뿍 손에 덜어 천천히 펴 발라줬고 조심스럽게 붕대를 감아줬다. 그녀는 내게 아마 곧 물집이 생길 거라 했다. 이어 물집이 생기면 절대로 물에 닿으면 안 된다고 했다. 일주일이면 괜찮아질 거라고. 만약 일주일 후에도 치료한 곳이 낫지 않는다면 다시 오라고 했다. 그녀의 예언은 반은 맞고 반은 틀렸다. 다음 날이 되자 엄청나게 큰 물집이 잡혔다. 그러나 나는 그 후로 일주일이 아닌 삼 주 동안 붕대를 감고 생활했다. 다행히 집으로 돌아온 후 기절한 듯 자고 나니 통증은 사라졌다.

다음 날 아침, 연고를 바르기 위해 병원에서 감아준 붕대를 풀자 나와 남편은 깜짝 놀랐다. 물집이 상당히 컸기 때문이었다. 커다란 물집이 터지지 않게 하루에 두 번 조심스럽게 연고를 바르고 하루 세 번 약을 챙겨 먹었다. 전날 치료해 준 간호사가 말하길, 물집이 터지지 않고 스스로 자연스럽게 내 몸으로 흡수되는 것이 가장 좋다고 했다. 하지만 아무리 안 움직이려고 해도 오른손잡이의 엄지손가락은 움직일 수밖에 없었다. 부풀 대로 부푼 물집에 실금이 간 나머지 터져버렸다. 아주 미세한 움직임이었어도 물집이 워낙 커서 터질 수밖에 없었을 것이다. 어쨌든 금이 간 물집이 더 터지지 않게 남편은 아주 조심히 연고를 발라줬다. 자고 나면 물집은 급격히 몸집이 작아졌다. 사흘 정도 지나자, 진물이 붕대와 내 손에 스며들어 물집은 해체됐다. 물집이 사라진 곳에는 붉은 진피가 훤히 드러났다. 해체된 물집은 까맣게 변했다. 살갗은 색으로 죽음을 알렸다. 진물에 젖은 얇고 죽은 피부는 돌돌 말린 채 물집이 있던 가장자리까지 밀려났다. 빨간 생살은 살아 있어서 아팠지만, 까만 표피는 죽어서 아무 느낌이 없었다. 살아 있는 피부와 죽은 피부가 한곳에 있었다. 숨을 쉴 수 없는 피부가 고약한 냄새를 풍겼다. 붕대로 지독한 냄새를 감췄다. 아픈 엄지손가락은 지루할 정도로 아주 천천히 회복하고 있었다.

다친 손가락을 최대한 쓰지 않고, 물에 닿지 않게 하라던 간호사의 주의를 들었을 땐 당연히 할 수 있을 줄 알았다. 이 통증만 사라지게 해준다면 무엇이든 할 수 있을 것 같은 절박함이 만들어낸 착각이었다. 하지만 당연한 것은 없었다. 그녀가 조언한 대로 오른손 엄지손가락을 움직이지 않고 물에 닿지 않게 생활하는 건 생각보다 힘든 일이었다. 한 덩어리가 되어버린 오른손은 쓸 일은 많으나 기능이 사라져 균형을 잃었다. '차라리 왼손이 다쳤으면, 손가락이 아닌 손등이나 팔뚝이 다쳤으면.'이라고 생각했지만, 많이 쓰는 손의 손가락이라서 다쳤다. 나는 그 사실을 자주 간과했다. 내 오른손은 그렇게 오랜 병가를 냈다.

죽은 피부가 생살과 함께 붕대 밑에서 축축하게 숨어 있었다. 엄지손가락에는 다치지 않은 부위와 주름도 없는 붉은 진피가 같이 있었다. 나는 가만히 들여다보며 내 손이 언제 이렇게 주름이 많아졌나 하고 생각했다. 새로운 살은 역시 팽팽하구나. 그래서 구부리고 펼 때마다 아프구나. 참 연한 살이구나. 죽은 표피가 떨어지고 새로운 표피가 생겨 내 연한 살을 덮어줄 것을 믿었지만, 이질적인 두 피부층이 어떻게 조화롭게 자리 잡을지 궁금했다. 사실 믿었다는 말에는 거짓말이 섞였다. 나는 새로운 엄지손가락을 볼 때마다 엄지손가락의 회복을 의심했다.

한창 붕대를 하고 다닐 때 많은 사람에게 같은 질문을 받았다. 손가락은 왜 그런지. 화상을 입었다고 하면 어쩌다 화상을 입었냐고 되물었다. 자초지종을 설명해 주면 모두 걱정했다. 다행히 나를 비난하는 사람은 없었다. 어떤 이는 화상에 좋은 연고와 밴드를 소개해 줬고, 어떤 이는 흉터가 안 생기길 바랐고, 또 어떤 이는 흉터가 생길 거라고 했다. 그런 시간을 지나면서도 엄지손가락은 아주 느리게 회복하고 있었다. 사실 흉이 진다고 해도 내가 어떻게 할 수 있는 부분이 아니었다. 내가 다쳤던 그 순간을 생각해 보면, 오직 이 고통에서 벗어나는 것만 생각했다. 그런데 통증이 사라지고 자가 치료 할 땐 상처가 어서 아물길, 상처 부위가 물에 닿아도 상관없기를, 두 손을 개운하게 빡빡 씻을 수 있기를 바랐다. 이제 거의 다 나은 상태가 되니 '흉이 진 건가? 색소침착이 생겼나?' 하고 계속 쳐다보게 된다. 내 마음이 참 쉽게 달라진다.

지루했던 회복이 끝날 무렵, 아직 표피가 덮지 않은 진피의 색이 천천히 탁해지고, 그 위로 주름이 잡히기 시작했다. 이때 물집을 덮었던 죽은 표피가 바싹 말라서 하얗게 일어났다. 아주 얇게 바스러진 죽은 표피는 떨어져 나간 끝이 어딘지 모를 정도로 엄지손가락 어딘가에서 조용히 작별인사를 하고 떠났다. 신기한 끝맺음이었다.

마침내 붕대를 풀었다. 집안일이 이리도 엄지손가락에 위험한 일이었나 싶을 정도로 많이 긁히고 부딪혔다. 이제 막 태어난 생살은 아주 연했다. 내 부주의로 부딪히고 긁힐 때마다 '악' 소리가 절로 날 정도로 아팠다. 지인이 상처를 보더니 표피가 완전히 덮일 때까지 실리콘 밴드를 하라고 알려줬다. 그래서 다시 밴드를 붙이며 지내고 있다. 밴드 한 장이 여린 살을 보호해 준다. 신기하게도 그 덕에 아프지 않다. 아프지 않다는 것은 망각이다. 내가 화상을 입었던 그 순간의 고통도 잊고, 불편했던 회복 시기도 지나니 언제 그랬냐는 듯 모든 것이 다시 돌아왔다. 망각이 없었다면, 시간이 치료해 주지 않았다면, 나는 아직도 고통스럽고 불편했을 것이다.

그렇기에 망각과 흘러간 시간이 고맙다.

엄마의 속도

애 엄마로 살다 보면 시대에 뒤떨어져 사는 경향이 있다. 아니 더 정확하게 이야기하자면 내가 살았던 어느 시점과 아이들 나이대에 겹친 한 시점에 머물러 살고 있다. 물론 아이를 키우는 엄마들이 다 그런 건 아니지만 내 경우는 그렇다. 애 낳기 전까지 그다지 좋아하진 않았어도 매달 음원 상위권 노래는 알았는데 출산 후엔 더 이상 업데이트가 되지 않는다. 아이들에게 동요를 들려주느라 내가 듣고 싶은 음악을 듣지 못한 지 팔 년째다. 신생아를 키울 때 자장가를 참 많이 들었다. 아이가 커서 활동을 시작하면서부터 동요를 들었다. 아이가 TV를 보기 시작하자 만화주제가를 듣게 됐다. 함께 차를 타고 이동하거나, 종일 집에 있을 때도 같이 듣다 보니, 혼자 샤워하거나 운전할 때 나도 모르게 아이들 노래를 흥얼거린다. 그리고 내가 부르는 노래가 무엇인지 깨닫는 순간, 나는 자괴감으로 입을 다문다.

상황이 이렇게 되자 나는 아이들 음악 세계에 한번 들어가 보기로 했다. 애들이나 듣는 노래라고 유치하다 생각했지만, 막상 선입견을 내려놓고 들어보면 동요는 무척 매력 있는 음악이다. 동요는 짧은 시간 안에 듣기 쉽고 밝은 멜로디로 아이들의 집중과 흥을 유도한다. 때로는 교육적인, 때로는 아이들의 시선처럼 신선하고 철학적인 가사가 어우러진 꽤 근사한 음악 장르다.

나는 만화영화 노래도 만화가 시작할 때 나오는 주제가가 전부인 줄 알았다. 그런데 인기 만화는 오프닝 곡, 엔딩 곡, 다수의 수록곡이 실린 앨범이 나온다. 심지어 걸그룹과 같이 부른 노래도 꽤 많다. 이처럼 동요와 만화영화 노래는 시대에 발맞춰 변화하고 있다. 내 취향의 노래를 꼽자면, 〈뽀로로〉의 '고래의 노래', '바나나 알러지 원숭이', '치카송', 〈브레드 이발소〉의 '디스코 이발소', '난나나송', '찰떡콩떡송' 정도다. 〈빠샤메카드〉 오프닝 곡인 '빠샤 렛츠고!'는 처음엔 큰아이의 신청곡이었다. 차 안에서 같이 듣다 보니 좋아서, 남편과 내가 오히려 더 듣자고 한 곡이다. 한국에서 아이들과 〈헬로카봇〉 뮤지컬을 보고 온 후, 극장에서 아이들이 목청

껏 떼창했던 주제가가 하루 종일 머릿속에 맴돌아 나도 모르게 흥얼거린 적도 있었다. 나는 요즘 〈캐치! 티니핑〉 노래에 꽂혔다. 오프닝 곡을 들을 때면 만화 볼 생각에 설레고 잔뜩 신난 작은아이 표정이 떠오른다. 내가 나이가 더 들어도 가끔 〈캐치! 티니핑〉의 오프닝을 들으며 작은아이의 순도 높은 설렘을 오래도록 기억하고 싶다. 아이들 장난감인 뽀로로 펜의 끝부분에는 센서가 있다. 부록 책에 있는 글씨나 그림에 뽀로로 펜을 갖다 대면, 뽀로로 펜이 단어도 알려주고, 이야기도 해주고, 노래도 불러준다. 큰아이나 작은아이 할 것 없이 뽀로로 펜을 가지고 놀다가 "엄마가 좋아하는 노래 틀어줄게요." 하고 '고래의 노래'를 틀어주기도 한다. 아이들만의 사랑표현이다.

우리가 음악을 좋아하는 이유는 다양하다. 멜로디가 좋아서, 가사가 좋아서, 가수를 좋아해서. 우연히 들었던 음악이 내 마음 같아서 등등 차고 넘친다. 내가 음악을 좋아하는 이유는 나를 과거로 여행시켜 주기 때문이다. 타임머신이 발명되진 않았어도 예전에 들었던 노래를 들으면 나는 언제든 바로 그때로 돌아간다. 눈앞에 선한 그때를 내가 만질 수 있는 것처럼 마음이 아련해진다.

내가 큰아이를 낳고 친정 엄마가 산후조리를 도와주기 위해 한국에서 오신 적이 있었다. 임신 기간 동안 친정 엄마가 해준 밥

한 끼가 너무 간절했지만 먹지 못했다. 단순히 밥 한 끼의 문제가 아니었다. 나는 임신 기간 동안 친정 엄마의 보살핌이 몹시도 그리웠다. 이제 갓 엄마가 된 내게 내 엄마가 옆에 있다는 것만으로도 든든했고 행복했던 나날이었다. 내가 서툴게 아이를 돌보면 친정 엄마가 능숙하게 아이를 건네받아 기저귀를 갈고, 유축한 모유를 아이에게 먹이고, 아이를 목욕시켜 줬다. 나는 친정 엄마가 해주는 밥을 먹고, 남편이 출근하고 나서도 이야기할 사람이 있어서 좋았다. 친정 엄마가 돌아가야 하는 날짜는 정해져 있었다. 친정 엄마와 더 같이 있고 싶었지만, 친정 엄마를 붙잡을 순 없었다. 갓난아이는 애달픈 내 마음도 모른 채 2시간마다 깼다. 밤 수유를 하는 동안 갓난아이가 조금이라도 푹 자라고 틀어놓았던 클래식 자장가가 그때는 꼭 이별곡 같았다. 아이를 다시 재우다가 정작 내가 잠이 깨버리면 친정 엄마와 남은 시간을 계산했다. 사흘 후면, 이틀 후면, 내일이면 친정 엄마가 떠난다. 울지 않으려고 해도 자꾸 눈물이 났다. 잠든 아이를 토닥이면서 나는 나를 달랬다. '지금은 울어도 되는데 공항에서는 절대 울지 말자.'

그때 기억이 내 머릿속 어딘가에 깊이 새겨진 것 같다. 그 이후로 나는 자장가가 슬프다. 아이들을 재우기 위해 틀었던 자장가가 이제는 별로 필요하지도 않을 만큼 아이들이 훌쩍 커버렸다. 어쩌다 한 번씩 작은아이가 잠이 안 온다고 자장가를 틀어달라고 하면 AI 스피커로 자장가를 튼다. 그러다가 결국 나는 작은아이와 누가 먼저랄 것도 없이 곯아떨어진다. 방에 불을 켜야만 잠드는 작은아이 덕에 나는 새벽에 한 번씩 깬다. 그때까지도 AI 스피커에서 나오는 자장가가 꼭 나 같다는 생각이 든다. 자장가가 필요했던 사람들이 이미 꿈나라에 간 줄도 모르고 계속해서 자장가를 들려주는 AI 스피커는 바보 같다. 한 발짝 늦은 모습이 외로워 보인다. 아이들은 빠르게 커서 저만치 걸어가는데 걸음이 느린 나만 자꾸 뒤처진다.

요즘 기술은 나를 한 번씩 타임머신에 태워준다. 핸드폰에 뜨는 일 년 전 오늘, 삼 년 전 오늘, 팔 년 전 오늘의 사진을 보면 '우리 애들이 이렇게 작았구나.', '이때 우리 애 진짜 이뻤는데.'라는 생각에 가슴 한구석이 시큰해진다. 그땐 뭐가 그리도 힘들어서 아이들을 온전히 사랑하지 못했나. 후회가 남는다. 아마도 내년의 나는, 삼 년 후의 나는, 팔 년 후의 나는 오늘의 아이들을 또 그리워할 것이다. 나는 그런 사람이다.

내게 육아는 정신을 쏙 빼놓는 일이다. 알 것 같다가도 모르겠다. 막막하다가도, 아이들의 엉뚱한 진지함에 배꼽을 잡고 웃기도 한다. 육아는 때로는 외롭고 슬픈 일이다. 여러 감정이 뒤섞이다 정신없이 하루가 마무리되는 오늘이, 한편으로는 내가 듣는 아이들 음악과 비슷하다. 언젠가 우연히 그때 들었던 자장가가 툭 튀어 나오면 나는 끝없이 막막하고 슬펐던 2014년 가을밤의 나로 돌아가 그때의 내가 외롭지 않게 함께 슬퍼할 것이다.

이제야 아이들 노래에 입문한 나는 지난 주말 혼자 집에서 내가 좋아하는 아이들 노래 몇 곡을 골라 나만의 '아줌마 노동요' 리스트를 만들었다. 신나게 노래를 따라 부르며 설거지했다. 왠지 나는 몇 년 후에 가끔 2023년의 아줌마 노동요를 들으며 설거지하거나 집 청소를 할 것 같다. 아이들이 이런 나를 보고 "오 마이 갓! 엄마. 아직도 이 노래 들어?" 혹은 "와우! 엄마 나 옛날에 이 노래 진짜 좋아했는데 기억하지?" 하고 나를 놀리거나 녀석들이 놀랄지도 모른다. 그러면 나는 "그래 맞아. 엄마는 가끔 이렇게라도 멈춰서 살고 싶어. 2014년의 슬펐던 엄마로, 2018년의 막막했던 엄마로, 2023년의 신났던 엄마로 잠시 돌아갈래. 너희는 먼저 가. 엄마는 여기서 잠깐만 쉬었다 갈게. 너무 뒤처지지 않게 오래는 안 쉴 거야. 엄마는 좀 쉬어야 너희 발걸음에 맞출 수 있을 것 같아. 이게 엄마 속도니까."라고 이야기할 것이다.

2부

나의
해피엔딩을
응원해

What brought you here?

　2022년 10월 20일은 내게 두 개의 질문이 던져진 날이었다. 그날은 내가 사는 곳에서 차로 40~50분이면 갈 수 있는 워싱턴 D.C.에 '한국문학의 밤'이라는 행사가 열리는 날이었다. 그 행사는 워싱턴 D.C.에 있는 대학교에서 일반인까지 참여할 수 있게 해준 특별 강의였다. 한국에서 미국까지 오신 작가님은 바로 정유정 작가님이셨다. 내가 처음 정유정 작가님을 알게 된 곳은 지금은 없어진 우리 동네 한국서점이었다. 신혼 시절 남편이 출근하고 나면 나는 종일 집 안에 혼자 있었다. 그랬던 내가 딱했던지 남편이 한국서점이 있다고 알려줬고 그 길로 한국서점으로 갔다. 그때 서점 주인이 재밌는 책이라고 권해준 책이 《7년의 밤》이었다. 서점 주인의 말이 맞았다. 책을 덮을 수 없을 정도로 재밌는 책이라 우울했던 내가 시간 가는 줄 모르고 읽었다. 그래서 작가님을 만날 수 있는 이 기회를 꼭 잡고 싶었다. 내가 이런 강의를 들을 수 있다니 이 동네에서 오래 살고 볼 일이었다. 다만 작은 고비가 있었는데, 그건 내가 워싱턴 D.C. 운전이 서툴다는 점이다. 그래서 강의 소식을 듣고 일주일간 틈틈이 우리 가족을 태우고 강의 장소인 학교 건물까지 운전 연습을 했다. 열심히 한 연습이 무색하게 차가 막히고 주차할 곳을 찾지 못해 늦게 도착했다. 다행히 내가 도착하고 나서도 강의는 시작되지 않았다. 그제야 긴장이 풀렸다. 강의 내용은 전반적인 한국문화에 대한 이야기로 시작해 조금 더 구체적으로 한국문학에 대한 대학교수의 강의로 이어졌다. 강의 마지막 순서에 정유정 작가님의 작가관과 작품에 대한 이야기를 들을 수 있었다.

강의실에 있던 사람들은 정유정 작가님이 어떻게 작가가 되었는지를 가장 궁금해했다. 작가님은 작가가 된 계기에 관해서 이야기하려면 긴 시간을 거슬러 올라가야 한다며 오래된 이야기를 한 타래씩 풀어주셨다. 작가님은 중학생 시절 광주에서 유학하셨다. 하숙집에서 대학생 언니·오빠들과 함께 생활했다고 하셨다. 안정적인 일상이 깨졌던 사십이 년 전 5월의 광주는 아주 치열하고 비장했다. 결전의 날, 하숙집 주인 부부께서 하숙집에 사는 모두를 불러 모아 마당에서 마지막이 될지도 모르는 저녁 식사를 함께 하셨다. 열다섯 살 소녀를 제외한 모두가 전남도청으로 가기로 하셨다. 하숙집 어른들은 소녀에게 다음 날 아침이 되기 전까지 누가 대문을 두드려도 절대 인기척도 내지 말라고 당부하셨다. 혹시라도 어린 소녀가 홀로 있는 방 창문을 통해 총탄이 날아들까 봐 하숙집 주인아저씨는 창틀에 두꺼운 이불을 덮어 못질해 주셨다. 기관총 소리가 울려 퍼졌던 잔인했던 1980년 5월 26일 밤, 소녀는 홀로 두려움과 싸웠다. 소녀는 자고 싶었다. 소녀는 잠을 자기 위해 대학생 오빠 방에서 가장 지루해 보이는 책 한 권을 꺼냈다. 하지만 소녀는 잠과 이야기를 맞바꿨다. 마지막 페이지까지 다 읽고 나자, 소녀의 가슴속에 정의를 내릴 수 없는 용암처럼 끓어오르는 뜨거움으로 가득 찼다. 새벽을 맞이한 광주는 고요했다. 아무 일이 없었던 것이 아닌데 아무 일이 없었던 것처럼 조용했다. 소녀는 창틀에 박힌 이불을 살며시 들어 올려 새벽하늘을 봤다. 소녀는 이불 아래에서 절규에 가까운 울음을 터뜨렸다. 작가님은 비극적인 한국 현대사의 한 장면과 당신의 인생 중 가장 아팠던 하루에 대해 담담히 이야기해 주셨다. 작가님은 하나의 단어로 정의할 수 없었던 뜨거움이 자신을 작가로 만들었다고 하셨다.

작가님의 영화 같은 이야기를 들으며 내게 질문했다. 내게도 그렇게 뜨거웠던 순간이 있었던가? 나는 왜 글을 쓰는가? 나는 왜 글이 쓰고 싶은가? 내 마음이 작가님처럼 뜨겁게 끓어오르진 않았지만, 나는 마음이 인두로 덴 것처럼 뜨겁게 아팠던 적이 있었다. 화상을 입은 마음에 찬물을 끼얹어 식히듯 글을 썼다. 그때 매일 일기를 쓰면서 숨죽여 울었다. 몇 권의 일기장을 채우는 동안 나는 천천히 긴 터널을 걸어 나왔다. 터널에서 나온 후 조금씩 일상으로 복귀했다. 나는 다시 웃을 수 있을 만큼 회복했다. 그렇지만 모두 제자리로 돌아온 것은 아니었다. 그때 뎄던 내 마음 한구석에는 상흔이 남았다. 슬픔이 새기고 간 상흔이다. 나는 글을 쓰고 회복하면서 상흔을 내게 새겨진 무늬로 받아들였다. 뜨거운 것에 데고 나면 뜨거움을 감각으로 기억한다. 회복하기까지 아픔을 견뎌낸 사람에게는 다른 사람에게 남겨진 슬픈 자국을 알아챌 수 있는 감각이 생긴다. 슬픔은 떠돌아다니며 흔적을 남기기 때문이다. 강의실에 있던 사람들도 하나씩 마음에 새겨진 상흔이 있었나 보다. 작가님이 겪었던 1980년 5월의 아픔이 나를 포함한 강의실에 있는 사람들을 하나로 연결해 주는 느낌을 받았다.

1부 행사가 끝나고 정유정 작가님의 소설이 원작인 영화 상영 전 간단한 저녁 연회가 열렸다. 나는 거기서 우연히 행사를 주최한 대학교의 대학원 졸업생을 만나 이야기를 나눴다. 그 졸업생이 던지는 질문은 처음 만나는 사람들끼리 하는 흔한 어쩌면 뻔한 질문들이었다. 사과 껍질을 살살 깎아가면 점점 사과 속살이 드러나듯 우리는 질문을 주고받으며 서로에 대해 조금씩 알아갔다. 예를 들면 이런 질문들이다. 어디에 사는지, 그전에는 어디서 살았는지, 지금 먹고 있는 음식은 입에 맞는지, 이곳에 온 지 얼마나 되었는지, 그전엔 무슨 공부를 했는지 등등…. 사과 껍질을 다 깎고 나자, 과도를 다시 고쳐잡아 사과를 반으로 가른다. 졸업생은 내게 이렇게 물었다. "What brought you here?" 내게 던져진 두 번째 질문이었다. '그러게, 어쩌다 나는 지구 반 바퀴를 돌아 여기에 있는 걸까?' 사랑이라고 하기에 지금은 색이 바래 너무 낯간지럽고, 운명이라기엔 지금 내 일상이 너무 평범하다. '어쩌다 보니'라고 대답하면 내가 내 인생에 너무 무책임한 짓을 한 것 같다.

늦은 밤 영화가 끝나고 혼자 야경을 보며 운전하다가, 다음 날 아침 아이들 도시락을 싸면서, 학교가 끝난 아이들을 집으로 데리고 오면서, 가족들 식사 준비를 하면서, 빨래를 개면서, 설거지하면서, 아이들이 자고 난 후 나는 자꾸 그 질문을 꺼내서 생각했다. 내가 미국에 온 이유, 내가 공책을 펼쳐 연필을 잡는 이유, 그게 무엇인지 도저히 모르겠다. 그래서 나는 내가 아닌 내 주변 사람들을 찬찬히 떠올리며 나를 맞춰보기로 했다. 뭐든지 해보고 싶은 건 시작해 보라며 두려움의 무게를 덜어주는 사람과 남은 생을 살기 위해, 소파에 앉아 그림책을 읽어주다 꾸벅꾸벅 조는 엄마를 깨우는 아이들을 만나기 위해, 하교할 때 내 얼굴을 확인하고 웃으며 한달음에 달려오는 아이들을 두 팔 벌려 안아주기 위해, 오늘 먹은 밥이 맛있다는 아이들의 칭찬을 듣기 위해, 자기 전에 누가 먼저 엄마에게 뽀뽀할 것인지 물어봐 아이들을 달려오게 하기 위해 구 년 전 나는 이곳에 오기로 마음먹었나 보다.

확신이 없어서 내게 묻고 또 물었다. 앞으로도 계속 물어볼 것이고 그때마다 내 대답은 달라질지도 모른다. 아이들이 잘 때 살며시 빠져나와 책상 앞에 앉아 공책을 펼치는 이유를, 목요일 새벽에 눈곱만 겨우 떼고 컴퓨터를 켜는 이유를, 한국 작가님과 만나기 위해 워싱턴 D.C.를 처음으로 홀로 운전했던 이유는 결국 한 가지 질문에 대한 답이다. 나는 왜 글을 쓰는가? 내가 내린 선택으로 예상하지 못한 전혀 다른 세상에 살게 된 내가 길을 잃고 무너졌을 때 나는 책을 펼쳐 활자 속으로 파고들어 가 숨었다. 그때 종이 안의 글자들이 나에게 기꺼이 몸을 내주었다. 어깨를 내주어 내가 기댈 수 있게 해줬고, 팔을 내밀어 안아주고 등을 토닥여 줬다. 세상일은 잊고 그저 이야기 속 세상에서 마음껏 놀다 가라고. 이야기의 품은 넓어서 나라는 아주 작은 존재를 여유 있게 품어줬다. 덕분에 나는 괴로운 생각으로부터 마침내 벗어날 수 있었다. 나는 내 마음 같았던 문장들을 읽으면서 내가 이 세상에 혼자가 아님을 확인했다. 너무 괴로운 날들이 이어질 때는 일기를 썼다. 하지 못한 말들, 마음에 담아두었던 무거운 짐들을 종이에 옮겨 담으니, 마음이 한결 가벼워지고 머릿속에 있던 괴로운 일들의 똬리가 조금씩 풀렸다. 그러면 내 숨통도 트였다. 살아보려고 버둥거리다 써 내려간 공책들이 몇 권이 되어가자 나는 조심스레 꿈을 품었다. 내 세계가 더이상 삭막해지지 않기를, 아무도 없는 허허벌판에 나 혼자 동떨어져 있지 않기를 바랐다. 나는 두둥실 떠오르는 생각을 낚아채 선을 그어 그 선들을 잇고 구체적으로 지도를 그리기 시작했다. 그 지도는 길을 알려주기도 하고 길을 잃게 만들기도 했다. 나는 지도를 계속해서 수정한다. 글로 지도를 만들고 수정하면서 곳곳에 내가 숨을 곳을 만든다. 만드는 김에 조금 더 크게 만들어 다른 사람도 들어올 수 있는 글의 미로를 짓기 시작했다. 나는 완성되기까지 아주 오랜 시간이 걸릴 미로를 만들며 마음껏 방향을 잃기로 했다. 그 다짐이 내가 글을 쓰는 이유다.

〈도전! 주부가요스타〉
그리고 글방

　내 직업은 주부. 입금되는 월급은 0원. 아이들의 웃음, 남편의 수고했다는 한마디가 내가 받는 보상이라면 보상이다. 나는 아이를 키우고, 밥하고, 설거지하고, 빨래하고, 옷을 널고, 개고, 청소한다. 그리고 이 작업은 아마 정년 없이 내가 죽을 때까지 이어질 것이다. 노인이 돼서도 다 큰 자식 걱정을 하며 쪼글쪼글해진 손으로 밥을 짓고 설거지하고 빨래하고 청소하며 살 것이다.

　그녀들 직업은 주부. 아마도 내가 지금 살고 있는 모습과 크게 다르지 않았을 것이다. 내가 초등학생인지 중학생이었을 때쯤 토요일에 학교가 끝나고 집에 와서 TV를 틀면 TV 속 그녀들은 항상 노래를 부르고 있었다. 그녀들은 〈도전! 주부가요스타〉라는 프로그램에 나온 참가자들이다. 그 프로그램에 대해서 잘 모르는 독자들을 위해 설명하자면 매주 예선을 거쳐 올라온 본선 진출자들이 각자 준비한 노래를 부른다. 그중 우수한 참가자들은 입상하고 1등은 월말에 다시 모여 경연을 펼친다. 월말 수상자들이 연말에 다시 모여 노래를 부르며 경연하는 프로그램이었다. 참가 조건은 전문적으로 노래를 부른 적 없는 주부, 그것 하나뿐이었다. 나는 단 한 번도 그 프로그램을 처음부터 끝까지 시청해 본 적이 없었다. 내가 하교하고 집에 오면 프로그램은 이미 시작해서 처음을 보지 못했고, 십 대였던 나는 주부들이 부르는 노래에 크게 흥미를 느끼지 못해서 끝까지 보지 못하고 채널을 돌렸다. 소중한 토요일 오후, 어느한 프로그램에 정착하지 못하고 이리저리 돌리다 보면 다시 나오는 프로가 〈도전! 주부가요스타〉였다. 채널을 돌리다 참가자들이 수상하는 장면이 나올 때면 그때만큼은 열심히 봤다. 지금은 참가자 얼굴을 하나도 기억하지 못하지만, 상을 받은 참가자들이 기뻐했던 표정과 흘렸던 눈물만큼은 기억난다. 그 당시엔 그녀들이 왜 그렇게 기뻐했는지 몰랐다. 오히려 우는 수상자들을 보며 '저게 울 일인가?'라고까지 생각했다. 그녀들의 수상소감을 들어도 그다지 와닿지 않았다.

3분가량의 노래에 자신을 표현한다는 건 어떤 걸까? 노래가 그녀들에게 어떤 의미였길래 그녀들은 그토록 열심히 노래를 불렀을까? 집안일과 육아에 지쳐 있던 그녀들에게 돌파구가 필요했을 것이다. 그녀들은 음악을 듣고 노래 부르는 시간 동안 즐겁고 행복했다. 음악은 그녀들에게 쉼터였다. 그래서 그녀들은 틈틈이 노래를 불렀다. 좋아하는 걸 계속하다 보면 용기가 생긴다. 용기는 집에 있던 사람을 세상 밖으로 나오게 한다. 어떤 참가자는 범상치 않은 노래 실력에 주변 사람들이 나가보라고 추천해서 경연에 참가했을지도 모르고, 어떤 참가자는 노래로 자아를 찾고 싶어서 나갔을지도 모른다. 다양한 이유로 모인 그녀들은 노래를 사랑한다는 마음 하나로 모이고 승부를 겨뤘다. 참가 지원서를 제출하고 심사를 거쳐 경연을 치르는 동안 그녀들은 아내와 엄마라는 무게를 벗어던지고 온전히 나 자신일 수 있는 시간이라 행복했을 것이다. 누군가는 애 엄마가 노래 바람이 들어서 집안일은 뒷전이라는 모진 말을 던졌을지도 모른다. 그럼에도 그녀들은 용기를 꺾지 않았다. 그녀들을 사랑하는 가족과 친구들이 그녀들의 용기가 사그라지지 않게 힘을 모아 지켜줬다. 난 아직도 방청석에서 현수막이나 피켓을 들고 열심히 응원하던 아저씨들과 참가자들의 어린 자녀들 모습이 기억난다. 참가자들은 자신을 한마음으로 응원해 주는 이들의 모습을 지금까지도 소중히 간직하고 있을 것이다.

지금 내가 살고 있는 모습은 결혼 전과 많이 달라졌다. 그 이유는 단지 내가 전업주부로 살기 때문만은 아니다. 주부로 돌아간 하루의 전원스위치를 끄고 나면 나는 주기적으로 글을 썼다. 이 사실을 아는 사람은 많지 않다. 내가 공부했던 전공과 전혀 다른 쪽이고, 결혼 전 내가 일했던 직업도 이런 쪽이 전혀 아니었으니 지금 내 모습을 상상할 수 있는 사람들은 거의 없다. 내가 공부했던 전공과 몸담았던 경력이 내가 가진 유일한 색인 줄 알았다. 결혼 후, 혼자 있는 시간이 많아졌을 때도 나는 내가 가진 색을 잃고, 앞으로 그 색을 다시는 찾을 수 없을지도 모른다는 생각에 두려웠다. 두려움이 지속됐지만, 갑자기 바뀐 환경에서 내가 할 수 있는 일은 제한적이었다. 현실이 바뀌지 않으니 두려움에 무기력이 더해졌다. 아무도 나를 고용하지 않을 것이라는 예상에 다다르자, 내 미래는 탁하게 흐려졌다. 불안과 무기력이 내 마음에 파고들어 자리를 틀어잡았다. 가끔 불안은 모두가 완벽히 준비한 졸업전시회 아침 나 혼자 아무것도 준비하지 못해 절망하는 악몽으로 모습을 드러냈다.

아이들을 낳은 후 내 하루는 육아로 채워졌다. 애들 키우는 삶이 내 남은 생의 전부인 줄 알았다. 아이들이 자라는 속도로 쫓기듯 살다가 성인이 된 아이들이 독립해 떠나면 다 끝난 연극무대에 나 혼자 우두커니 선 채 늙어버리는 상상을 했다. 늙어버린 내 육신은 그렇다 쳐도 그 안에 있는 내 알맹이는 어디로 갈까? 그 질문은 나를 다시 뜯어보게 했다. 너무 큰 질문이라 답을 찾는 데 생각보다 오랜 시간이 걸렸다. 내 품 안에서 꼬물대던 아기들이 걷고, 뛰고, 커가는 정신없는 시간에도 나는 틈나면 책을 읽었고, 더 여유가 있을 땐 일기를 썼다. 내 시간이 잘게 쪼개진 후에야 나는 내가 진정으로 좋아하는 게 활자라는 걸 깨달았다. 읽고 쓰는 것. 그것만큼은 내가 죽을 때까지 하고 싶다는 마음이 생겼다. 나는 나를 닮은 아이들과 서로의 표정을 닮아가는 남편의 얼굴을 매일 마주보며 살다가 내 안에 숨겨져 있는 진짜 내 모습을 들여다보게 됐다.

나는 매주 목요일 2시간 동안 한국시간으로 산다. 서머타임■이 적용될 때는 새벽 6시 반에, 그렇지 않을 때는 새벽 5시 반에 눈곱만 겨우 떼고 줌으로 접속해 글방 식구들을 만난다. 일주일간 생각한 것들을 글로 풀어 서로 읽고 감상을 주고받는다. 나는 이 시간만큼은 주부가 아닌 온전히 작가가 되기도 하고 독자가 되기도 한다. 글을 제출하고 발표하는 목요일을 위해 나는 일주일을 사유하고 준비한다. 내가 가장 좋아하는 모습으로 사는 목요일 새벽은 내게 아주 귀한 시간이다. 목요글방을 잘 마치면 한 주를 버텨낼 힘을 얻는다. 기분 좋은 시작을 맞이한 것이다. 목요글방이 주는 신비한 힘은 내게 활력을 불어넣어 준다. 덕분에 나는 몇 년째

■ 서머타임(Summer Time, Daylight Saving Time(DST)): 여름철 표준시보다 1시간 시계를 앞당겨 놓는 제도. 북미지역은 3월 두 번째 일요일에 시작해 11월 첫 번째 일요일에 끝난다.

글 쓰면서 살고 있다. 글을 쓸 때만큼은 나는 내 내면을 깊게 들여다본다. 다른 사람들이 쓴 글은 내가 보지 못한 다른 세상을 보여주는 망원경이 된다. 나는 목요글방에 참여하면서 매주 새롭게 태어난다. 매일 육아와 살림하는 중에 시간을 쪼개서 쓰고 고치기를 반복하는 모습은 아마도 십수 년 전, 선배 주부들이 바쁜 하루 중에 틈틈이 노래 연습을 하고 목 관리를 하던 모습이랑 비슷하지 않을까? 다른 모습이지만 결은 같다. 경단녀라고 해도 자신이 좋아하는 걸 찾았다면 자신에게 열중할 수 있다. 내 목소리를 내보고, 내목소리를 세상에 선보였을 때, 상을 받지 못했다 해도 괜찮다. 아무것도 없는 것에서부터 시작해 여기까지 온 모든 과정이 유의미하다. 주부인 우리가 좋아하는 걸 하면서 쌓아온 시간은 우리가 그동안 충실히 살았다는 증거다. 그녀들이 흘린 눈물의 의미를 그녀들과 비슷하게 살아보니 알 것 같다.

그녀들이 노래 연습을 하면서 음 이탈이 나거나, 자꾸 같은 곳에서 박차를 놓치거나, 어려운 고음에 도달하기 힘든 것처럼 나도 글을 쓰다가 자꾸 벽에 부딪힌다. 소재도 고갈되고, 어휘량도 턱없이 부족한 것 같고, 글이 평면적이라고 느껴질 때나 너무 아마추어 글 같다고 느껴질 때는 괴롭고 답답하다. 그래도 죽이 되든 밥이 되든 글을 쓴다. 죽이어도 먹을 수 있고, 밥이어도 먹을 수 있는 것 아닌가. 나는 계속해서 글을 쓸 것이다. 무던히도 노력할 것이고, 수없이 좌절할 것이다. 글을 쓰며 자꾸 넘어지고, 방향을 잃을 걸 안다. 아마도 노년이 돼서도 그럴 것이다. 나는 계속 부족한 글만 쓸 수도 있다. 선배 주부들도 연습할 땐 잘했지만 경연프로그램에 나가서 제대로 실력 발휘를 못 했을지도 모른다. 그렇지만 〈도전! 주부가요스타〉에 나간 이후로 노래 부르기를 멈춘 참가자들은 거의 없을 것이다. 무대가 끝났어도 음악에 대한 애정이 남아 있고, 노래가 그녀들 삶의 활력소였다면, 그녀들은 아마 지금까지도 노래를 부르고 있을 것 같다. 설거지하면서 흥얼거리고, 모임에 나가서 멋지게 한 곡조를 뽑으며 박수를 받겠지. 나도 그런 선배 주부님들처럼 주부로 살아가다 틈틈이 노트를 펼치고 진지하게 고민해서 글 쓸 것이다. 그녀들의 생활에 노래가 녹아 있듯이 내 생활에도 글이 꽤 많이 녹아 있으니까.

이어달리기

누군가 내게 한국에서 지내는 동안 즐기는 쏠쏠한 재미가 뭐냐고 묻는다면 나는 단번에 당근마켓이라고 대답할 것이다. 앱을 통해 관심 있는 물건을 검색해서 저렴하게 구입하면 돈을 쓰면서도 돈을 버는 착각까지 들게 한다. 그리고 새 물건보다 중고 물품을 산다는 점은 환경보호에 작은 보탬이 된다는 뿌듯함까지 느낄 수 있다. 그래서 적극적으로 당근마켓을 이용하고 있다. 물론 직거래할 때 마주하는 어색함이 내게는 장벽이지만, 판매자도 같은 입장이라서 그런지 대부분 빠르게 거래를 마치고 돌아선다. 어쨌든 당근마켓은 이번 여름 내가 한 신나는 경험 중 하나다. 나는 그동안 휴대용 선풍기, 화장품, 책을 샀다. 이제 그것을 사야 할 때가 온 것 같아 검색했다. 나를 포함한 요즘 사람들이 휴대전화나 인터넷으로 바로 검색하기 때문에 잘 쓰지 않는 국어사전을 찾았다. '내가 몇 번이나 쓸까?'란 의심은 '사지 말까?'라는 고민을 하게 했다. 그러나 이내 마음을 정했다. 사실 나는 국어사전으로 확인받고 싶었다. 아는 단어의 뜻이 정확히 무엇인지, 책을 읽다가 발견한 모르는 단어에 대한 정의가 무엇인지 알고 싶었다. 물론 핸드폰으로 검색하면 금세 찾아볼 수 있지만, 빠르게 검색한 만큼 내 머릿속에도 빠르게 지워졌다. 단어를 사전으로 조금 더 정성스럽게 찾아 확인하고, 오래도록 기억하고 싶었다. 여담이지만 나는 종이책 질감과 책장 넘기는 소리 중독자다. 내 손으로 국어사전의 얇은 종이를 넘기며 힘없이 푸르르 넘어가는 국어사전이 내는 소리를 듣고 싶었다. 무려 4개월 전에 올라온 판매자 글 아래에 있는 채팅창을 눌렀다. "혹시 국어사전 거래할 수 있을까요?" 판매자는 구매가 가능하다며 거래 장소부터 알려주고 바로 다음 날 거래하기로 했다.

약속 장소는 항상 지나가던 곳이라 아는 동네였다. 하지만 위치를 아는 동네를 정확히 안다고 할 수 없다. 이전에는 그 동네에 깊숙이 들어가 본 적 없었던 터라 낯설어 보이는 동네에서 조금 헤맸다. 결국 약속 시간보다 조금 늦게 도착했다. 주황빛 노을로 물든 초등학교 운동장은 여름방학을 맞이해 썰렁했다. 초등학교 교문 앞 화단에 걸터앉아 계신 중년 남성이 들고 있는 종이가방을 보고 단번에 그분이 판매자임을 눈치챘다. 나는 몸을 굽혀 그분에게 다가가 어색하게 "혹시 당근⋯."이라며 말문을 트자, 그분은 나를 반갑게 알아보시고 종이가방을 내게 건넸다. 나도 준비한 돈을 바로 건네드렸다. 어색한 순간이 싫어서 서둘러 집으로 가려고 하자 판매자께서 하신 "사전 한번 확인하고 가세요. 혹시 제 비자금이 여기 있을지도 모르고⋯."라는 말에 웃음이 터져 나왔다. 후루룩 사전을 넘기고 비자금이 없다고 했다. 아마도 판매자는 내가 외국인이거나 학생이라고 생각하셨던 것 같다. 예상과 달리 사십 대 여자가 나타나니 그분은 내가 국어사전을 사는 이유가 궁금하셨는지 내게 사전을 왜 사냐고 물어보셨다. 나는 갑작스러운 질문에 당황했다. "아⋯. 그냥 단어를 좀 정확하게 써보고 싶어서요."라고 하자 그분께서는 "아~ 글 쓰시는 분이구나."라고 하셨다. 그 말이 왜 그렇게 부끄러웠는지 나는 몸을 거의 반으로 접은 것처럼 이리저리 비틀었다. 서둘러 돈과 사전을 교환했다. 마음 급한 나와 달리 판매자는 내게 "저는 이번에 퇴직하면서 물건들을 정리하는 중입니다. 올린 지 오래됐는데 사겠다는 분이 계셔서 신기했어요." 하시니 그제야 사전 케이스에 쓰인 "경리과"라는 손 글씨가 이해됐다. 대화가 더 이어졌다면 국어사전이 전 주인과 작별 인사를 할 시간을 충분히 가졌을 텐데. 하지만 그분의 "아~ 글 쓰시는 분이구나."라는 말에 화들짝 놀라 '앗⋯. 들켰어.'라는 생각에 사로잡혔다. 거의 도둑처럼 고개를 푹 숙이며 급히 인사하고 전력 질주 해서 자리를 빠져

나왔다. 차 문을 닫고서야 마음이 편해졌다. 마음이 편해지자 그분의 추리력이 떠올랐다. '어떻게 아셨지? 대단하신데?' 내가 급히 인사로 대화를 종료해 버렸으니 어떻게 아셨는지 알 길이 없어졌다. 게다가 판매자가 내게 건넬 인사도 못 들었다. 그분은 어쩌면 내게 이 국어사전으로 글 잘 쓰시란 격려를 해주셨을지도 모른다. 못내 아쉬웠지만, 그런 대화를 나눌 용기가 없었으니 어쩔 수 없었다.

　차 시동을 걸었다. 천천히 판매자 동네를 빠져나와 친정집으로 돌아가면서 국어사전의 첫 시작점을 그려봤다. 그분은 왜 국어사전을 구매하셨을까? 완성도 높은 업무 보고서를 작성하시려고, 혹은 특정 단어를 찾아보시려고, 아니면 영어사전, 국어사전, 옥편이 직장인 필수물품이라서 구하셨나? 하고 추측했다. 이유야 어쨌든 판매자 사무실 책상 풍경을 상상하는 건 어렵지 않았다. 사회에 첫발을 내디딘 청년이 중년이 될 때까지 성실히 근무했던 사무실 책상 위에 국어사전이 있었다. 매일 국어사전을 쓰진 않았어도 판매자는 국어사전을 꽤 자주 사용하신 듯 세월의 흔적이 여기저기 남아 있었다. 책등에 새겨져 있던 국어사전의 금박은 벗겨졌고, 케이스는 군데군데 긁히고, 닳았다. 책머리에 쓰인 반듯한 경리과라는 글씨는 그의 곧은 성품을 닮은 듯했다. 책배에 얼룩진 판매자의 손때를 보면서 그의 성실함이 담긴 세상에서 단 하나뿐인 국어사전을 구했다고 생각했다.

그가 정년퇴직하던 날, 그는 자신의 책상을 정리했다. 국어사전은 처음으로 그의 보금자리로 갔다. 판매자는 국어사전을 더 쓸 일이 없어졌지만 그렇다고 국어사전을 버릴 수는 없었다. 그래서 당근마켓에 판매 글을 올렸다. 구매자가 나타나기까지 4개월이 걸렸다. 그렇게 국어사전은 내 품으로 왔고, 이제 며칠 후면 하늘 위를 날아 바다를 건널 것이다. 판매자가 퇴직했기 때문에 나와 국어사전은 새로운 출발을 하게 됐다. 그의 성실함이 고스란히 담겨 있는 낡은 국어사전은 판매자가 내게 건넨 응원 그 자체라고 생각했다. 이제는 이 국어사전에 내 세월과 손때를 성실하게 남길 차례다. 장거리 계주에서 바통을 건네받고 달리는 것처럼.

연필과의 동행

    겨우 여섯 살이었던 나는 엄마와 밥상에 마주 앉아 몸을 비비 꼬며 한글 공부를 했다. 작은 고사리손에 힘을 주어 연필을 잡아보지만, 글씨는 맥없이 풀려 지렁이들이 몸부림치는 것처럼 엉망진창이었다. 엄마는 화를 참아보려 힘을 주어 입을 다물고 코로 한숨을 내쉬었다. "연필 똑바로 잡고, 앉을 때도 똑바로 좀 앉고, 자세가 삐뚤어져 있으니, 글씨가 이 모양이지." 엄마는 결국 잔소리를 쏟아내고 말았다. 나는 엄마의 화난 목소리를 알아채고 허리를 곧추세우고 연필을 고쳐 잡아보지만, 이미 손에 힘이 다 빠져버렸다. 엄마 눈치를 살핀 후, 나는 좀이 쑤셔 엄마 몰래 시계를 훔쳐봤다. '시계가 고장 났나?' 엄청나게 오래 앉아 있었던 것 같은데 시곗바

늘이 꿈쩍도 하지 않았다. '아⋯. 손 아파. 연필 잡기도 힘든데⋯. 언제 끝나지? 빨리 끝나고 TV 보면 좋겠다.'

나는 내 노력보다 더 큰 엄마의 노력으로 한글을 얼추 떼고 초등학교에 입학했다. 새 필통 속 뾰족하게 깎인 연필 여러 자루와 지우개, 자가 걸을 때마다 흔들려 소리를 냈다. 내 발걸음에 맞춰 쳐주는 응원 박수처럼. 내가 초등학교에 다니면서 가장 많이 받았던 선물은 연필이었다. 생일 선물로 연필을 받았고, 운동회에서 무슨 종목이든 잘하면 부상으로 연필을 받았고, 학교 소풍 보물찾기에서 숨어 있던 보물은 연필이었다. 연필은 어린 초등학생에게 가장 필요한 물건이었다. 받으면 조금 김빠지지만 실용적인 연필은 언제나 부담 없이 주기 좋은 선물이었다.

어릴 땐 빨리 어른이 되고 싶었다. 어른들이 하는 건 다 해보고 싶었던 순수한 욕망은 매번 특권을 누리는 어른들에 의해 제지당했다. 반짝이는 샤프를 잡은 어른들 손은 왜 그리도 멋있어 보였는지. 뒷부분을 누르면 나오는 샤프심도 신기했다. 그에 비해 각이 있는 연필은 손에 오래 쥐고 있으면 아팠고, 동그란 연필은 책상에서 자주 굴러떨어졌다. 쓰다 보면 뭉툭해진 연필심도 싫었다. 그래서 샤프를 사달라고 졸랐지만, 그럴 때마다 부모님은 어릴 때부터 샤프를 쓰면 글씨가 못생겨진다며 안 된다고 하셨다. 샤프만 사

준다면 기뻐서 오히려 글씨를 더 잘 쓸 수 있을 것 같았는데 왜 어른들은 반대로 이야기하는지 이해할 수 없었다. 초등학교 고학년이 되자 나도 샤프를 가지게 되었는데 그때는 내가 마치 TV에서 본 회사 다니는 사람이 된 것 같아 기분이 날아갈 듯 기뻤다. 그 기분도 잠시 샤프심은 연신 부러지고 심지어 샤프가 고장 나기까지 해서 샤프에 대한 환상은 금세 사라지고 말았다. 그렇지만 나는 연필을 쓰지 않고 대신 새로운 샤프를 샀다. 연필은 어린 애들이나 쓰는 거로 치부했다.

나는 그렇게 바라던 어른이 됐다. 필기할 때는 연필도, 샤프도 아닌 펜을 썼다. 하지만 나이가 들수록 뭔가를 쓸 일이 줄어들었다. 십 년 전, 집 근처 학교에서 한 학기 동안 영어 수업을 들었다. 그때 같이 수업 들었던 어린 한국인 학생과 친해졌다. 그 친구가 여행을 다녀오면서 선물이라며 연필을 줬다. 정말 오랜만에 받아본 연필 선물이었다. 그 연필은 좀 독특했다. 연필 몸통에 코팅으로 옷을 입히지 않아 나무의 맨살을 느낄 수 있었다. 연필 끝부분에 알약 반쪽처럼 생긴 얇은 플라스틱이 붙어 있고, 그 안에는 허브 씨앗이 들어 있었다. 연필을 다 쓴 후 씨앗을 땅에 심고 물을 주면, 허브가 자란다고 했다. 연필 끝에 허브 이름이 음각되어 있었다. 하나는 민트 씨가 다른 하나는 파슬리 씨가 들어 있었다. 그 선물이 귀하고 고마워서 한동안 쓰지 못했다. 선물해 준 동생 입장에서 연필을 쓰지 않고 모시고 있는 것보다는 연필을 다 쓰고 씨앗을 땅에 심는 편이 더 뿌듯할 것 같았다. 아깝지만 깎아서 연필을 써보기로 했다. 연필을 깎기는 했지만, 막상 쓸 일이 많지 않았다. 내가 연필과 좀 멀어지긴 했지만 이토록 어색해진 게 미안해 쓸 일을 만들었다. 공부할 때도 샤프가 아닌 연필로 하고 가끔 쓰던 일기도 연필로 쓰기 시작했다.

다시 잡은 연필은 생각보다 따뜻한 필기구였다. 나는 묵직한 샤프를 좋아해서 차갑고 무게감이 있는 메탈 소재 샤프를 주로 사용했다. 반면 나무로 만들어진 연필을 다시 잡아보니 나무의 부드러운 느낌은 마치 누군가의 손을 잡는 느낌이었다. 어릴 때는 뾰족했던 연필심이 쓰면 쓸수록 뭉툭해지는 게 싫었는데 이제는 뭉툭해진 연필들을 모아서 한꺼번에 연필깎이로 연필을 깎을 때면 비장해진다. 나는 열띤 스포츠 경기중 작전 타임 동안 선수들의 뭉친 근육을 풀어주는 팀 닥터가 된 것처럼 다시 나무와 연필심을 갈아 날카롭고 예민한 연필을 종이 위에 풀어놓는다. 키가 점점 작아지는 연필을 보면 뿌듯하다. 내가 써 내려간 것을 물리적 척도로 알아볼 수 있기 때문이다. 어린 독자들은 잘 모르겠지만 나는 책받침이라는 플라스틱 얇은 받침대를 종이 뒷면에 대고 쓴다. 그러면 종이의 뒷면과 그 아래에 있는 종이에 내가 쓴 글씨 자국이 남지 않는다. 나는 연필이 종이에 파묻히는 둔하고 무거운 느낌이 싫어서 꼭 책받침을 받치고 쓴다. 책받침을 받친 종이 위에 연필이 닿을 때 나는 소리가 경쾌하다. 또각또각 나는 소리는 하이힐을 신고 당당하게 런웨이를 걷는 모델의 발걸음 소리 같기도 하고, 연필이 종이에 하는 귓속말 같고, 내가 손끝으로 부르는 노래 같기도 하다.

연필로 글 쓰는 나를 보고 요즘 누가 글을 연필로 쓰냐는 질문을 종종 받는다. 컴퓨터로 쓰면 시간이 절약되고, 공책을 살 필요도 없다. 맞는 말이다. 굳이 연필로 글을 쓰는 내가 시대 역행적이고 미련해 보일 수 있다. 이쯤이면 인정해야 하는 것이 하나 있는데 나는 효율성이 무척 낮은 인간이다. 컴퓨터의 빈 화면을 바라보면 새하얀 공백이 너무 광활하게 느껴진다. 깜빡이는 커서가 나를 재촉하는 것 같아서 생각이 앞으로 나아가질 않는다. 난생처음 와본 동네에 아무것도 없이 홀로 뚝 떨어진 기분이다.

나는 황당하고 어처구니없을 때, 화가 나서 터져버릴 것 같을 때 일기장에 두서없이 휘갈겼다. 마음보다 손이 느려서 답답할 때도 있었지만 글씨를 괴발개발 쓰더라도 연필을 놓지 않았다. 아픈 손과 연필은 감정으로 폭주하는 나를 진정시켰다. 손이 아프도록 다 써 내려가면 속이 후련했다. 정신과 상담 중 내가 작가가 되고 싶다고 고백하자 선생님은 내게 이야기 한 편을 써오라고 하셨다. 나는 일주일 동안 일기장에 연필로 어설프지만, 풋풋한 첫 글을 썼다. 상담받으면서 썼던 짧았던 글쓰기를 멈추지 않고 글방으로 이어간 것이니 내 입장에서는 역행이 아니라 순행인 셈이다. 연필로 쓰다가 영 아닌 것 같거나 틀린 부분은 지우개로 지우면 된다. 내가 꼽은 연필이 가진 가장 큰 매력은 지울 수 있다는 점이다. 내가 살면서 저지른 많은 실수, 돌아보면 수치심에 몸서리쳐지는 일은 지울 수 없지만 내가 써 내려간 단어, 구절은 지우개로 지울 수 있다. 지워진 흔적 위로 내가 다시 써 내려갈 수 있으니 얼마나 다행인가. 공책에 빼곡히 쓴 글을 다시 읽을 때면 내가 어디서 고쳐 썼는지, 그 흔적을 보는 재미도 쏠쏠하다. 내가 쓴 단어나 문장은 교체되거나 철거되기도 한다. 어울리지 않는 구절은 괄호로 묶어 자연스럽게 스며들 수 있는 곳으로 옮겨준다. 내 공책에 있는 문장의 이동 경로는 역사책에 실린 치열했던 전투 과정이 담긴 삽화 같기도 하다.

긴 시간이 걸려 한 권의 공책을 다 채우면 산 정상에서 산 아래 경치를 바라보는 것처럼 보람차다. 올라가기까지 힘들었지만 그래도 포기하지 않고 한 발 한 발 내디뎌 산꼭대기에 올라가면 이런 기분일까? 나는 다시 새 공책을 꺼내서 다시 산 아래로 터벅터벅 내려간다. 새 공책을 다 채우려면 긴 시간이 걸릴 것이다. 채우려고 하면 갈 길이 구만리 같지만, 생각한 것을 하나씩 떠올려 마인드맵을 마구잡이로 그린다. 고심해서 첫 단어를 골라 문장을 쓴다. 알

알이 써 내려간 단어와 문장을 꿰어 문단으로 엮는다. 엮은 문단들을 한데 모아 매듭지어 묶으면 겨우 글 한 편이 완성된다. 연필로 느리고 육체적으로 하는 글쓰기는 나만의 즐거운 고행이다.

아무도 하지 않아 내가 하는 인터뷰
| 기호 |

| Q1 | 두 번째로 좋아하는 계절은? |

A2　　가장 좋아하는 계절은 제일 좋아하니까 망설임 없이 고를 수 있는데 두 번째로 좋아하는 걸 고르는 건 참 어렵다. 확실한 꼴등은 있다. 여름. 지구온난화와 나이가 들수록 약해지는 인내심으로 인해 더위를 참는 게 너무 힘들다. 2등과 3등이 근소한 차이지만 가을을 2등으로 정했다. 예전에는 가을은 그저 남자의 계절이라고만 생각해서 좋은 줄 몰랐다. 그러나 이제는 뜨거운 열기가 식고 습기가 걷히면 숨통이 트이는 느낌이다. 가을 하늘은 유독 깨끗하다고 느껴질 정도로 높고 파랗다. 나무들이 알록달록 옷을 갈아입

는 덕분에 내 눈이 덩달아 호강한다. 겨울을 준비하느라 분주하게 움직이는 다람쥐를 보고 있으면 새로 산 장난감을 들고 신나게 달려가는 아이들 모습이 떠오른다. 특히 가을에서 겨울로 넘어갈 때 잠깐 느낄 수 있는 새벽 공기에 담긴 냄새를 좋아한다. 차갑고 가을보다 더 건조해진 공기가 내 코로 들어오면 코와 폐가 청소되는 느낌이다. 그래서 찰나의 환절기를 맞이하면 반갑다. 붙잡을 수 없는 짧은 계절은 내게 아쉬움을 남기고 미련 없이 내 곁을 떠나버린다. 그러면 허전해진 나는 추위에 움츠리며 바삭했던 가을 공기 냄새를 떠올린다. 일 년을 꼬박 기다려야 만날 수 있는 가을 공기 냄새 때문에 가을이 점점 좋아진다.

Q2   두 번째로 좋아하는 음식은?

A2   세상에 맛있는 음식이 너무 많아 참으로 가혹한 질문이다. 치열한 경쟁을 뚫고 떡볶이를 차애 음식으로 꼽겠다. 수십 년간 1위를 차지하고 있는 엄마표 김치찌개보다 간발의 차이로 순위가 밀렸지만, 나는 떡볶이를 무척 좋아한다. 아무리 맛있는 떡볶이라도 어린 시절부터 엄마가 내게 새긴 맛을 이길 수는 없다. 떡볶이를 사랑하게 된 시기는 중학교 2학년 때였다. 학교 매점 떡볶이가 그렇게 맛있을 수가 없었다. 치명적인 떡볶이의 매력에 빠진 나는 쉬는 시

간마다 매점으로 달려갔고 그 덕에 살이 급속도로 쪘다. 쉬는 시간 10분 안에, 매점에서 주문하고 뜨거운 떡볶이를 전투적으로 먹고 교실로 뛰어갔다. 나는 거의 매일 그렇게 떡볶이를 먹었다. 떡볶이 사랑은 고등학생 때에도 이어졌다. 고등학교 앞 골목길에 떡볶이집이 여럿 있었다. 학교가 끝나면 친구들과 떡볶이를 함께 먹으며 불안정한 멘털을 단단하게 붙잡을 연료를 몸에 비축했다. 우리는 주로 즉석 떡볶이집을 자주 갔다. 낮고 넓은 냄비에 떡, 어묵, 삶은 달걀, 양배추, 대파가 빨간 양념과 육수에 담겨 나오고 납작만두에 라면 사리를 추가하면 라볶이를 먹냐, 떡볶이를 먹냐의 심각한 고민을 한 번에 해결할 수 있었다. 물론 튀김, 김밥, 순대는 따로 시켜 떡볶이 국물을 듬뿍 묻혀 먹어줘야 했다. 마지막에 밥을 볶아 먹어야 대장정의 풀코스가 마무리된다. 이 숭고한 루틴은 우리에게 강력한 연대감을 주었다. 어떻게 먹을까에 대한 고민 없이 먹던 대로 시키는 건 그만큼 우리가 함께 먹었던 떡볶이가 많았단 의미다. 그만큼 우리는 많은 시간을 함께했다. 이 정도로 자주 먹으면 주식이 떡볶이가 아닌가 싶었을 정도로 먹었다. 떡볶이는 탄수화물과 나트륨이 집결된 음식이라 다이어트의 적이지만 내게는 친구들과 나눴던 추억과 유대감이 담긴 음식이니 사랑하지 않을 수 없다.

남들은 별로 안 가고 싶어 하지만 나는 정말 가고 싶은 여행지는?

A3   눈이 펑펑 오는 겨울에 핀란드의 아주 작은 마을로 여행 가고 싶다. 거기서 작은 집을 빌려 한 달 정도 살아보고 싶다. 오로라도 보고 싶고, 어딜 갈 수 없을 정도로 굉장히 눈이 많이 오면 집에서 책 읽고, 일기 쓰고, 진한 핫초코를 마시면서 게으른 며칠을 보내고 싶다. 눈이 녹으면 문을 빼꼼 열어 옆집 사람과 인사하고 고독사하지 않음에 안도하는 그런 여행과 일상 사이를 살아보면 행복할 것 같다. 그럴 거면 집에 있지 왜 가냐고 하겠지만 나는 지금껏 눈이 아주 많이 내리는 곳에 살아본 적이 없다. 완전히 낯선 곳에서 아주 느리게 내가 하고 싶은 대로 시간을 보낸 적도 없다. 그러니까 이 여행은 내게 정말 새로운 여행이다. 빌린 집에서 보는 바깥 풍경도 질려버릴 정도로 눈이 많이 오는 곳에서 겨울을 경험해보면 정말 멋질 것 같다. 아! 왜 하필 핀란드냐고? 그건 핀란드식 사우나 때문이다. 소나무 가지로 내 몸을 두드려 솔향 가득한 사우나라니 너무 재밌을 것 같다. 하지만 솔직하게 말하자면, 눈밭을 구르고 얼음물에 들어가야 하는 난이도 높은 사우나를 내가 시도하지는 못할 것 같다.

남들은 믿지 않지만 내가 강력하게 믿고 있는 것은?

A4   나는 종종 기계나 소프트웨어가 나와 기 싸움을 한다고 생각한다. 운전할 때 특히 그렇게 느낀다. 초행길을 운전할 때면 내비게이션에 의지해서 간다. 내비게이션의 안내에 따라가다가도 내가 아는 길이 나오면 아는 길로 간다. 그럴 때 내비게이션은 자신이 알려준 길로 가지 않는다고 나에게 반드시 복수한다. 경로를 재탐색한다며 조금만 더 가서 유턴하라고 여러 번 강요한다. 하지만 그 길을 더 잘 아는 나는 유턴하라는 내비게이션 지시를 따르지 않는다. 그러면 내비게이션은 잠시 내 의견에 따라 길을 알려주는 듯하다 직진을 해서 가도 될 길을 ㄷ 자로 꺾어서 큰길로 합류하라고 하거나, 대각선으로 가도 될 길을 기어이 우회전 좌회전을 강요해 돌아가도록 안내할 때가 있다. 다 통과하고 나서야 나는 농락당했음을 알게 된다. 기가 찰 노릇이다. 설마 이런 경험 나만 가지고 있는 건 아니겠지.

아무도 하지 않아 내가 하는 인터뷰
| 음식 |

Q1   내가 걸그룹과 비슷하다고 생각한 적이 있는가?

A1   아마 이 글을 읽는 사람들이 '이 아줌마 미쳐도 단단히 미친 거 아냐?'라고 생각할 수 있겠다. 나와 걸그룹의 공통점이라고 한다면 성별뿐인 내가 감히 예쁘고 상큼한 그녀들과 어디가 비슷하겠냐만. 예능프로에 나오는 걸그룹이 다른 걸그룹 심지어 남자 아이돌 그룹, 예전 댄스곡을 들으면 바로바로 춤추는 걸 보고 '와! 어쩜 저렇게 한 번 보고 다 추지?' 하고 신기했다. 누군지 기억은 안 나지만 어느 걸그룹의 멤버가 이야기하기를 사실 안무 동작에는 공식 같은 것이 있어서 공식대로 몇 가지 동작을 스캔하고 캐치해

서 연습하다 보면 따라 출 수 있다는 것이다.

　주부 경력 십 년 차에 접어든 나는 해 먹을 요리를 유튜브에서 찾아보고 따라 한다. 예전에는 몇 번씩 돌려보고 멈춰서 다시 따라 하기 바빴다면 요즘은 양념 배합을 배우는 데 초점을 맞춘다. 왜냐면 조리하는 순서는 어떻게 될지 눈에 그려지기 때문이다. 그래서 동영상을 보면서 내가 생각한 조리 순서가 맞는지 확인하는 정도로 한번 훑어보고 따라 하는 수준이 됐다. 이렇게 되기까지 십 년이 걸렸다. 몇 번 실패한 음식도 있었고, 오븐에 들어간 그릇에 데이기도 여러 번, 칼에 베이는 것도 수십 번이었다. 아직도 알아가야 하고 능숙하게 해내야 할 음식도 많지만, 처음에 비하면 요리는 확실히 늘었다.

　나는 환한 무대조명 아래 빛나는 걸그룹의 연습생 시절을 머릿속에 그려본다. 앳된 소녀가 땀과 눈물을 쏟아내는 모습, 거울 속에 있는 자기 몸을 보며 실수한 부분을 고치고, 넘어지고, 다치면서도 연습을 게을리하지 않는 시간을 상상한다. 그리고 마침내 데뷔에 성공한 그녀들은 자신의 노래뿐만 아니라 다른 그룹의 안무까지 척척 따라 출 수 있는 실력까지 갖추게 됐다. 그녀들처럼 빛나진 않지만 나 역시 어설픈 주부에서 애 둘을 키우며 하루하루 밥해 먹고 살다 보니 어느덧 내게도 요리에 대한 십 년 치 '감'이라는 게 생겼다.

Q2   죽기 전에 먹고 싶은 음식은?

A2   가끔 이런 질문을 받아본 적이 있는데 이게 뭐라고 이 질문을 받는 순간 짧게나마 심각하게 고민하게 된다.

질문의 의도는 그만큼 가장 좋아하는 음식을 묻는 것일 텐데 내가 꽂히는 부분은 '죽기 전에'라는 가정형이다. 이렇게나 극단적인 전제에 과연 무슨 음식을 먹어야 할까? 과연 내가 마지막 식사를 제대로 느낄 수나 있을까 싶다. 그래서 나는 '이게 마지막 식사인 줄 모르고 먹는 일상의 밥상'으로 답을 정했다. 주부가 되고 나서 하는 그놈의 지긋지긋한 아침 식사 후 점심 뭐 먹지, 점심 식사 후 저녁 뭐 먹지, 설거지하면서 내일은 또 뭐 해 먹지라는 뫼비우스 띠 같은 고민에서 벗어날 수 없는 일상이 어쩌면 제일 무난하고 행복한 시간인 것 같다. 물론 매끼를 고민하고 해 먹어야 한다는 건 괴롭다. 그런데 어쩌면 그 고민이 끝나는 순간, 해방감을 느끼겠지만 허무함도 함께 밀려올 것 같다. 그리고 내 성격상 나는 허무함에 더 깊이 빠질 걸 안다. 그래서 나는 징글징글한 그 고민을 투덜대며 항상 내뱉는 '대충 먹는 한 끼'가 내 마지막 끼니였으면 좋겠다.

Q3	나에게 김치란?

A3   우리 친정 부모님은 식성이 정반대다. 흰쌀밥에 잘 익은 김치만 가지고 세끼, 일 년 내내 먹는 게 좋다는 친정 엄마와 한식보다는 두툼한 스테이크, 느끼한 맛으로 먹는 크림소스 스파게티를 가장 좋아하고 한식을 먹어야 한다면 국밥을 고르는 친정 아빠의 딸로 태어난 나는 어릴 때 친정 아빠 입맛을 닮았었다. 나는 외식할 때도 먹을 것이 없다고 잘 안 먹고, 당신이 담근 김치를 조금 싸서 다니는 친정 엄마를 이해하지 못했다. 이렇게 맛있는 식당에서 먹을 게 없다니. 친정 엄마가 왜 매일 먹는 밥과 김치를 고집하는지 알 수 없었다. 나는 그게 친정 엄마의 유별난 고집이라고 생각했다. 가끔은 그 고집이 부끄러울 때도 있었다.

결혼해서 미국으로 가면서 나는 외국 음식도 잘 먹으니까 먹는 것만큼은 걱정 없이 살 줄 알았다. 그런데 그건 내 큰 오산이었다. 첫 임신을 하고부터 나는 게워내는 입덧은 하지 않았지만, 입맛이 완전히 바뀌었다. 뭘 먹어도 느끼하고 속이 느글거렸다. 딱 하나 김치를 먹어야 속이 편해져서 시어머니는 그런 나를 위해 배추김치, 풋배추김치, 양배추김치, 파김치, 섞박지, 겉절이를 한 상 차려주셨다. 더 기가 막힌 건 아이를 낳은 후 예전 식성으로 돌아가지 않는다는 것이었다. 첫아이를 가진 이후 나는 완전히 친정 엄마 식성으로 변했다. 그것도 친정 엄마 김치인 전라도 김치가 너무 먹고 싶었다. 그 이후 몇 년간 미국에서 전라도 김치를 찾아 헤매는 김치 유목민으로 살았다. 안 사본 김치가 없었지만 내 입맛에 맞는 김치를 찾을 수 없었다. 해가 갈수록 비싸지는 김치 가격에 나는 도저히 참을 수 없었다. 내 입맛에 별로 맞지도 않는 김치를 비싸게 살 순 없었다.

내가 김치를 직접 담그기로 했다. 지금으로부터 이 년 전이라 그때는 이곳에서 절임 배추도 팔지 않았다. 배추 열두 포기 들어 있는 배추 한 박스를 사서 소금물을 만들고, 소금을 직접 배춧잎 사이사이에 뿌려서 배추를 절였다. 다 절인 배추는 흐르는 물에 깨끗하게 씻어 채반에 올려뒀다. 절인 시간만큼 배추에 남은 물기를 뺐다. 절인 배추를 큰 들통에 넣고 미리 만들어 놓은 김치 양념을 버무려 완성하면 몸은 힘들었지만, 한편으로는 속이 뻥 뚫린 것처럼 시원하고 뿌듯했다. 김치 만드느라 구부정해진 허리를 펼 때 나는 가장 먼저 친정 엄마가 생각났다. 친정 엄마는 이 힘든 일을 매년 한다니. 지금이야 이모들이나 친구들과 같이 담가서 덜 힘들겠지만, 분명 친정 엄마도 처음 혼자 김치를 담근 적이 있었을 텐데. 친정 엄마는 얼마나 힘들었을까. 그렇게 좋아하는 김치를 위해 집안일을 좋아하지 않는 친정 엄마가 이 고생을 마다하지 않았던 건 그만큼 엄마에게는 김치가 중요하다는 뜻을 내 입맛이 바뀌고 나서야 깨달았다. 그래서 나에게 김치란 목마른 자가 파는 우물이다. 더 나아가 김치는 내가 친정 엄마의 유별남을 닮아버리고, 이제야 더욱 친정 엄마를 이해할 수 있게 된 매개체이자 친정 엄마에 대한 그리움 그 자체다.

아무도 하지 않아 내가 하는 인터뷰
| 의외 |

Q1 지금껏 살면서 내가 예상하지 못한 내 모습은?

A1 지금 당장 생각나는 건 두 가지가 있다. 그중 하나는 내가 어렸을 때 입도 짧고 예민해서 밥을 너무 안 먹었다. 나는 심지어 분유를 먹는 족족 배탈이 나는 바람에 일찍이 아주 묽은 쌀미음을 먹고 자랐다. 후각도 예민해서 먹고 싶었던 것도 많이 없었다. 그래서 친정 부모님, 특히 친정 엄마는 입이 짧은 나를 두고 많이 걱정했다. 애써 차린 음식을 먹지 않는 나 때문에 친정 엄마는 스트레스를 많이 받았다. 그렇게 안 먹어서 친정 부모님 속을 그렇게 썩였는데 지금은 푸짐해진 날 보면 친정 부모님이 한숨을 푹푹 내쉰다.

어릴 때 많이 먹었으면 키라도 컸을 터라며. 언젠가 나를 보시면서 네가 살찐 건 우리에 대한 배신이라고 했으니 꽤 실망을 많이 한 듯하다. 나 역시 어릴 때 깡말랐던 내 사진을 보면 내가 이런 적이 있었나 싶을 정도로 낯설다. 그리고 내가 다시는 그렇게 말라깽이로 돌아갈 수 없다는 걸 알아 아련해지기도 한다.

다른 하나는 미국에서 애 낳고 사는 지금의 내 모습이다. 출산은 내 인생에 일어난 가장 큰 일이다. 그것도 내가 나고 자란 나라도 아닌 미국에서 낳았다는 것, 그리고 한 명도 아닌 두 명이나 낳았다는 것까지 모두 놀랍다. 결혼하고 미국에서 시작된 신혼생활은 내가 결혼 전 한국에서 살았던 생활과 크게 다르지 않았다. 물론 환경과 주변 사람들이 모두 달라졌지만, 그때는 내가 온전히 나를 위한 시간을 내 마음대로 쓸 수 있었다. 그 생활은 첫 임신을 해서도 이어졌다. 아이는 태동으로 자신의 존재감을 드러냈다. 아이와 함께할 날들이 기대됐다. 하지만 한편으로는 아이를 키워야 하는 엄마가 될 나 자신은 어떨지 상상이 되지 않았다. 누군가 내게 말했다. 아이를 출산한 직후, 세상이 온통 환한 빛으로 밝혀진다고. 그 벅찬 감격스러운 순간에 눈물이 날 것이라고. 나는 위대한 모성애가 출산과 동시에 샘솟는다는 이야기를 전설처럼 믿었다. 경험한 적은 없지만 세상에 모든 이가 믿는 이야기처럼. 그러나 내가 출산 직후 느꼈던 건 모성애로 충만한 내가 아니었다. 나는 아이의 울음

소리를 들으며 '내가 애를 낳다니. 그것도 지금 남의 나라에서!!'라는 생각이 제일 먼저 떠올랐다. 나 자신 하나도 책임 못 지는데, 이 아이의 엄마가 된 현실이 당혹스러웠다. 당혹감. 그것은 나를 혼란스럽게 만들었다. 신생아를 다루는 법을 몰라서 생긴 당혹감보다 내 아이를 보고도 사랑이 넘치듯 샘솟지 않는 나 자신이 더 당혹스러웠다. 그 후로 나는 몇 달간 무겁진 않지만 그렇다고 가벼이 넘기지 못할 산후우울증을 조용히 겪었다. 의무감으로 아이의 울음소리에 맞춰서 움직이던 내게 아이가 눈을 맞춰주고 배냇짓을 했다. 아이가 건넨 짧은 몸짓과 표정이 나를 조금씩 녹였다. 그렇게 나는 엄마로 조각되기 시작했다. 시행착오와 많은 감정들이 나를 통과한 후에 일어난 일이다. 추억을 쌓으며 아이도 자라지만, 엄마도 자란다. 그리고 사 년 후, 나는 또다시 출산했다. 이제는 내 나라가 아닌 남의 나라에서 낳아도 상관없었다. 모성애는 나와 아이가 함께 산 사 년간 차곡차곡 쌓여서 나를 다시 조각했기 때문이었다.

Q2   예상치 못한 곳에서 얻은 해결책은?

A2   내가 미국에 살면서 느끼는 불편함 중 하나는 쓰는 단위가 다르다는 것이다. 거리를 재는 단위는 킬로미터가 아닌 마일이다. 1마일은 1.6킬로미터다. 그래서 처음 몇 달간은 내비게이션을 보

며 운전할 때마다 거리감을 파악하지 못해 방향 바꾸는 곳을 여러 번 놓쳤다. 무게를 재는 것도 킬로그램이 아닌 파운드다. 1파운드는 450그램이다. 그래서 처음 파운드로 잰 몸무게를 보고 무시무시한 숫자에 충격받았다. 온도를 재는 단위는 화씨여서 섭씨인 온도로 환산하려면 화씨온도에서 32를 뺀 후 1.8로 나눠야 한다. 암산을 잘한다면 바로 계산하면 되지만 나는 그런 능력이 한참 부족하다. 일기예보를 보는데 "오늘 최고온도는 90도입니다."라는 말을 들었을 때, 너무 높은 숫자라서 오히려 나는 무감각하게 받아들였다. 그래서 나는 핸드폰으로 다시 섭씨를 환산해야 했다. 그런데 얼마 전, 지인이 자신의 미국인 직장동료와 나눈 화씨와 섭씨에 관한 이야기를 내게 해줬다. 미국인은 내 지인에게 화씨가 왜 어렵냐며 되물었다고 한다. 그의 말에 따르면, 화씨는 아주 직관적인 온도라고 했다. 화씨 100도는 100% 덥고, 화씨 90도면 90% 덥다는 것이다. 참고로 화씨 100도는 섭씨 37.7도이고, 화씨 90도면 섭씨 32도다. 나는 그 이야기를 듣고 무릎을 '탁' 쳤다. 그제야 일기예보를 듣고 그날 입을 옷을 바로바로 찾을 수 있었다. 그렇다고 화씨 50도가 50% 덥기 때문에 가장 이상적인 온도는 아니다. 화씨 32도면 섭씨 0도이기 때문에 물이 언다. 참고로 미국인들이 날씨가 좋다, 온도가 쾌적하다고 느끼는 화씨온도는 75도 정도다. 섭씨로 환산하면 23.8도다.

Q3 MBTI를 어디까지 믿는가? 본인의 MBTI에서 의외의 반론을 제기하는 부분이 있는가?

A3 MBTI는 참 신기할 정도로 잘 맞는다. 내 MBTI는 INFP다. 여러 번 해봐도 결과는 늘 똑같다. 나를 아는 이들도 모두 수긍하는 MBTI 결과다. 그중에서도 특히 나는 지독한 P의 인간이다. 방은 항상 정리가 되어 있지 않고 너저분하다. 매일 치워야 한다고 생각만 하지 행동으로 옮기지 않는다. 그런 내가 유독 J의 면모를 가지고 있을 때가 있다. 하나는 레고를 조립할 때, 다른 하나는 베이킹할 때다. 나는 레고를 조립할 때면 봉지를 뜯어 레고를 색깔별, 크기별로 분류해 놓고 설명서를 따라 조립한다. 설명서가 하라는 대로 차근차근 끼워 맞춰 레고를 완성하면 나는 짜릿한 성취감을 느낀다. 베이킹도 집에서 조금씩 따라 하는 수준이지만 쿠키나 파이를 구울 때 정확히 계량해서 반죽을 만들어 음식이 되는 과정이 재밌다. 가끔 쿠키가 내가 예상한 대로 나오지 않아 당황스러울 때도 있지만, 그게 또 인생이랑 비슷한 것 같아서 그러려니 하고 넘어간다. 처음부터 결과물이 나올 때까지 조건을 통제하고 차근차근 절차를 밟아가며 창조물을 만들어 가는 나 자신이 놀랍다. 그 두 가지를 제외하면 나는 다시 여지없는 뒤죽박죽 엉망진창 P의 인간으로 돌아간다.

아무도 하지 않아 내가 하는 인터뷰
| 한글 |

Q1 가장 감사한 위인은?

A1 세종대왕님. 세종은 진정 대왕을 붙여드려 마땅한 위인이라고 생각한다. 세종대왕은 백성이 글이 어려워서 답답하고 억울한 일을 당해도 토로할 곳이 없다는 사실을 아시고 친히 집현전 학자들과 함께 한글을 창제하셨다. 한글은 전 세계 유일의 인간이 창조한 언어라는 점에서 독창적이고 자랑스럽다. 전문가들이 모여 함께 연구하고 노력한 결과 굉장히 과학적인 언어를 만들어 냈다는 점 역시 특별하다. 학창 시절 나에게 수학과 한문은 넘지 못할 장벽이었다. 한문을 손으로 쓰면서 외웠지만 잘 외워지지도 않았거니와

한 글자를 외우면 그전에 외운 글자를 까먹었다. 한문 시험을 치를 때마다 '내가 중국 사람이었다면 나는 문맹이었겠구나.'란 생각에 아찔했다. 세종대왕이 한글을 창제하지 않으셨다면 시험지에 있는 글자는 영어와 숫자를 제외하고 모두 한문이었을 텐데. 그 생각을 하면 매일 여주에 있는 영릉을 향해 큰절을 올려도 모자랄 판이다.

Q2   한글 중 가장 찰떡이라고 생각하는 단어 세 개를 뽑는다면?

A2   의성어나 의태어가 있는 문장을 읽으면 작가가 그린 풍경이 머릿속에 금방 그려진다. 그런 면에서 의성어와 의태어는 한글의 매력을 참 잘 보여준다. 예를 들어 가족의 생일 미역국을 끓이기 전, 미역을 미리 물에 불려 씻어서 준비한다. 미역을 씻을 때는 미역을 바락바락 씻으라고 한다. 뜻을 잘 몰라도 미역을 씻을 때 미역을 손에 움켜쥐고 힘주어 비벼 씻다 보면 정말 '바락바락' 소리가 나는 것 같다. 바닷소리와 비슷한 '바락바락' 덕분에 억세 보이는 미역 세척 방법이 경쾌하게 느껴진다.

어린 아기들의 어설픈 발걸음에는 아장아장이라는 단어가 참 잘 어울린다. 아이들이 목적지를 향해 걷는 모습을 뒤에서 보고 있노라면 어른들 눈에는 마냥 귀엽기만 하지만 아이들 입장에서는 세상 진지하다. 한 걸음 한 걸음이 아장아장 땅에 닿아 움직인다. 귀엽지만 비장한 아이들의 걸음걸이는 참으로 아장아장하다.

마지막으로 이건 정확하다고 말해도 될지 모르겠지만, 나는 올망졸망 이라는 단어가 참 귀여운 표현이라고 생각한다. 언젠가 아이들에게 그림책을 읽어주는데 "꼬투리 안에 콩이 올망졸망 있어요."라는 문장을 읽으면서 '와…. 정말 콩 꼬투리를 반으로 갈라 안을 들여다보면 콩이 가지런하게 줄지어 있는 모습이 진짜 올망졸 망하겠구나!' 하며 감탄했다. 세종대왕님 만세!!

Q3   어릴 적 오랫동안 풀지 못했던 의문은?

A3   나는 어릴 적 아주 호된 엄마표 한글 수업으로 초등학교 가기 전에 한글을 뗐다. 특훈에 가까운 한글 수업을 끝내고 마침내 글을 읽을 수 있게 되자 내게 완전히 새로운 세계가 열렸다. 난 책을 혼자 읽을 수 있게 됐다. 그뿐만이 아니었다. 식당에 가면 메뉴판을 읽을 수 있었고, 길을 걸으면서 가게 간판을 읽을 수 있었다. 내가 어릴 때만 해도 프렌차이즈 커피전문점보다 개인 카페가 많았다. 그때는 카페라는 말보다 지금은 잘 쓰지 않는 단어지만 커피숍이라는 단어를 더 많이 써서 간판에는 ○○커피숍이라고 쓰인 간

판이 많았다. 커피숖이라고 쓰인 간판은 여섯 살인 내게 너무 어려웠다. 겨우 커피까지는 읽겠는데 숖이 문제였다. 숍도 아닌 숖은 너무 생소한 자음과 모음의 조합이었다. 이제 막 한글을 뗀 어린아이의 눈에는 너무 많은 직선의 복잡한 조합이었다. ㅅ 이후의 글자를 어떻게 읽어야 할지 몰라 난감했다. 나는 오랫동안 커피숖을 입 밖으로 소리 내지 못하고 속으로 커피숲으로 읽었다. 커피가 뭔지도 모르거니와, 그 어떤 가게도 숲으로 보이는 곳은 없었기 때문에 커피숲은 틀린 답이라는 걸 어린 나이에도 알 수 있었다. 그땐 내가 간판을 보고 커피숲이라고 읽으면 엄마한테 혼날 것 같았다. 도대체 그곳은 무엇을 하는 곳이길래 숖이라고 할까? 그 당시에 나는 커피숖이라는 간판을 보고 많은 상상을 했겠지만, 지금은 하나도 기억나지 않는다. 혼란스러웠던 기억만 남기고 커피숖에 대한 상상을 몽땅 잃어버린 것은 매우 아쉽다.

아무도 하지 않아 내가 하는 인터뷰
| 능력 |

Q1 내가 가지고 있는 하찮지만 비상한 능력은?

A1   나는 아주 사소한 것에 대한 기억력이 다른 사람들에 비해 좋은 편이다. 이 능력은 내 두뇌가 좋아 모든 걸 기억한다는 뜻이 아니다. 아마 그랬다면 내가 졸업한 대학이 달라졌을 것이다. 하지만 안타깝게도 내 기억력은 공부에 뻗어나가지 못하고 남들은 전혀 신경 쓰지 않고, 살림살이에 전혀 도움 되지 않는 아주 사소한 것에 특화됐다. 나 역시도 뭐 이런 것까지 내 머릿속에 있나 싶을 정도다. 예를 들면 나는 십구 년 전 결혼한 친구의 결혼식 날짜, 장소를 여전히 기억하고 있다. 공평하게 모든 친구의 결혼기념일을

기억할 수 있다면 더 좋았을 테지만, 아쉽게도 내 기억력의 바구니는 그렇게 많이 담아내지 못한다. 그 친구는 내 고등학교 동창 중 가장 먼저 결혼한 친구였고, 그 친구가 자신의 결혼 날짜보다 두 달 앞선 내 생일날 생일 축하한다는 문자를 보내며 곧 있을 자신의 결혼식 날에 무슨 일정이 있냐고 물어봤던 것까지 기억한다. 보통 친구들 만날 때 일, 이 주 전에 주말 일정을 묻고 약속을 정하는데 이 친구는 갑자기 두 달 후의 일정을 조심스럽게 물어봐서 참 특이한 질문이라서 기억에 남았다. 나는 십구 년째 그녀의 결혼기념일에 축하한다는 문자를 보내고 있다. 정작 내 친구 부부는 결혼기념일을 까맣게 잊고 있다 내 문자로 깜짝깜짝 놀랄 때가 있다고 했다.

Q2   내 생각이 몸을 지배할 때는?

A2   만약 당신이 멍한 내 표정을 봤다면, 그건 어떻게 하면 최소한으로 움직이고 살 수 있을까란 고민을 하는 나를 목격한 거다. 그 정도로 나는 몸을 움직이는 걸 좋아하지 않는다. 그렇지만 살면서 움직이지 않을 수 없다. 그래서 나는 머리를 굴려 최대한 덜 움직이며 살 궁리를 한다. 예를 들어, 다른 식구들이 모두 잠든 밤에 혼자 글 쓰거나 책 읽을 때 등이 간지러우면 난감하다. 부탁할 사람은 없고 시원하게 등을 긁으려면 효자손을 써야 한다. 효자손 사

용 과정은 이렇다. 자리에서 일어난다. 방에서 나온다. 계단을 내려 간다. 남편 사무실 문을 연다. 사무실 책상에 있는 효자손을 찾는 다. 효자손으로 등을 긁는다. 그리고 앞의 행동을 역순으로 실행해 다시 제자리로 돌아온다. 효자손으로 등을 긁는 데 20초도 안 걸 리는데, 그에 비해 너무 많이 움직여야 한다. 그래서 효자손을 가져 오느니 효자손을 대체할 물건을 찾는다. 나는 현재 있는 공간에서 냉철한 시선과 열린 마음으로 사물을 관찰한다. 적당한 물건을 찾 아서 등을 긁을 때 역시 내 잔머리는 대단해! 하며 나를 칭찬한다. 내가 왜 이 질문을 했는지 예상할 수 있을 것이다. 그렇다. 방금 내 등이 간지러웠고, 나는 아이들 이름 스티커를 주문했을 때 받았던 얇은 플라스틱 파일철을 말아 등을 긁었다.

Q3 내가 가지고 있는 독특한 기술은?

A3 나는 발가락 근육이 꽤 발달한 편이다. 생각보다 많은 물건 을 발가락으로 집어 올릴 수 있다. 특히 슬리퍼는 발가락으로 집어 서 바닥에 가지런히 놓은 후 신는다. 나갔다 들어오면 발가락으로 가지런히 슬리퍼를 들어 신발장에 넣는다. 바닥에 떨어진 물건을 줍기 위해 허리나 무릎을 굽히는 일이 드물다. 대신 엄지발가락과 검지 발가락이 부지런히 움직인다. 잘 벌어지고 잘 움켜쥐는 발가

락의 힘으로 내가 편히 산다. 나는 이런 내가 대견하다. 반면, 남편
은 이런 내 모습을 보면 고개를 절레절레 흔들며, 차라리 허리를 숙
여서 물건을 집어 올리라고 한 소리한다. 그러거나 말거나 나는 할
머니가 돼서도 발가락으로 물건을 집어 올릴 거다.

아무도 하지 않아 내가 하는 인터뷰
| 육아 |

Q1　잊고 있던 의문이 아이를 키우면서 다시 떠오른 적은?

A1　어릴 때 《알리바바와 40인의 도둑》을 읽으면서 왜 동굴 문을 여는 주문이 "열려라 참깨"인지 궁금했다. 왜 하필 참깨였을까? 어릴 때 읽었던 《알리바바와 40인의 도둑》에 나오는 터번을 쓰고 칼을 든 사람들이 완전히 다른 세상 사람들처럼 보였다. 그런데 동굴 문을 여는 주문에서 나온 참깨는 의외로 너무 친숙했다. 다른 세상 사람들에게서 느껴지는 친숙함은 어린 내게 이야기의 몰입을 깨는 요소였다. 그런데 알리바바의 형 카심이 하필 달랑 두 글자인 참깨를 까먹는 바람에 카심이 다급하게 "쌀! 보리!"를 외치는 장면

은 웃기면서도 '저 사람들도 쌀, 보리를 먹나?' 하며 신기해했다. 엄마가 되고 나서 아이들에게 영어로 책을 읽어주다 보니 영어책에서도 동굴 문을 열어주는 주문이 "Open, sesame!"여서 깜짝 놀랐다. 이 사람들도 정말 참깨를 먹는다며. 그런데 형 카심이 주문을 헷갈리는 부분에서 "Open, strawberry?"라는 부분을 읽어줬을 때 '왜 딸기지? 쌀, 보리 아닌가?' 하며 의아했다. 아마 이 의문은 애들이 크면서 그 책을 더 이상 읽어주지 않게 되면 잊고 있다가 나중에 손자 손녀에게 《알리바바와 40인의 도둑》을 읽을 때 또 궁금해할 것 같다. 그러니까 왜 하필 참깨라고 했을까?

Q2   아이들을 키우면서 몸과 마음이 힘들 때 무슨 생각을 하며 버티는가?

A2   아이들이 말을 듣지 않고 징징대고 말썽부려서 나를 너무 힘들게 하는 날엔 나는 남편의 성(姓)을 떠올린다. 남편은 함씨인데 아이들이 나를 지치게 할 때 나는 '내가 전생에 함씨 집안 집문서를 팔아먹어서 이렇게 된 거다.'라고 상상한다. 잠시라도 이런 상상을 하다 보면 피식 웃고 넘어가게 된다. 그래, 사는 게 뭐 있냐 웃으면서 살면 되지. 그런데 사는 게 그렇게 녹록지 않다. 두 아이 모두 나를 달달 볶는 날에는 집문서도 팔고, 땅문서도 팔아먹었구나 싶다. 아

이들이 부리는 말썽의 수위가 점점 높아지면 '집문서도 팔고, 땅문서 팔고, 집 안에 숨겨둔 금은보화까지 갖다 팔았구나. 내가 잘못했네. 잘못했어'. 그리고 다짐한다. 또 한 번 주어진 기회. 이번 생에는 덕을 많이 쌓아야지. 그러나 오늘도 입버릇처럼 이 말이 튀어나간다. "야 이노무시키들아, 엄마 말 좀 들어라~~~"

Q3   다음 생이 있다고 믿는다면, 무엇으로 태어나고 싶은가?

A3   사람으로 태어난다면 남자로 태어나 먹어도 살 안 찌는 나그네가 되고 싶다. 이건 나의 선망과 선입견이 잘 섞인 답이다. 이십 대 중후반 내 추억의 8할은 여행이었다. 결혼 전까지 나는 주로 혼자 여행 다녔다. 혼자 여행 간다고 하면 주로 듣는 질문이 "안 심심해?" 혹은 "외롭지 않아?"지만, 사실 가장 큰 걸림돌은 '여자 혼자'라는 쉬운 표적이 되는 것이다. 밤에 숙소로 돌아갈 때마다 남자로 태어나 밤에 혼자 다녀도 무섭지 않았으면 좋겠다고 생각했다. 지금은 생각이 달라졌지만 이십 대의 나는 방랑하는 사람이 멋있어 보였다. 가벼운 가방 하나 메고 어디든 생각나는 대로 떠날 수 있는 자유로운 삶을 선망했다. 그 대범함과 자유로움이 부러웠다. 그렇지만 나는 그런 사람이 될 수 없었다. 그래서 다시 사람으로 태어날 기회가 있다면, 바람처럼 구름처럼 가볍게 다니는 나그네가 되

고 싶었다. 그런데 왜 굳이 먹어도 살 안 찌는 나그네냐고 묻는다면 내 머릿속에 떠오르는 나그네는 마르고 날씬한 체형이라서 그렇다. 먹는 대로 살이 오른 나그네를 본 적도, 상상해 본 적도 없다. 그리고 사실 지금 내가 먹어도 살 안 찌는 체질이면 좋겠다는 양심 없는 희망이 들어 있는 전제조건이다.

만약 사람으로 태어나지 않는다면, 나는 해달이 되고 싶다. 유유자적 바다 위에서 배영하면서 선크림도 바를 필요 없고, 내가 좋아하는 게와 조개를 돌로 까서 실컷 먹고, 배부르면 그냥 자면 된다. 그런 편한 생을 살고 싶다. 생김새도 귀엽다. 내가 바라는 것 중 뭐 하나 빠지는 게 없다. 그런데 요즘 작은아이가 환생에 꽂혔는지 다시 태어나면 뭐가 되고 싶냐고 자주 묻는다. 나는 작은아이에게 되묻는다. 너는 뭐로 태어나고 싶냐고. 작은아이는 새가 되고 싶다고 한다. 새가 하늘을 나는 게 부럽다는 이유다. 이 아이를 다음 세상에서도 만날 수만 있다면, 나는 먹어도 살 안 찌는 나그네도, 해달도 아닌 새로 태어나고 싶다. 다만, 해달을 잡아먹는 흰머리수리가 안 된다는 전제하에 말이다. 나는 다시 새로 태어나면, 기쁜 마음으로 같이 살 둥지를 지을 것이다. 따뜻하게 알을 품고, 솜털이 난 아기 새들을 위해 부지런히 먹이를 물어다 줄 것이다. 아기 새가 어느 정도 크면 하늘을 나는 법을 알려줘야지. 그리고 우리가 나란히 날개를 펴고 비상한다면, 함께 살아갈 두 번째 생도 참 멋진 삶이 될 것이라는 확신이 든다.

아무도 하지 않아 내가 하는 인터뷰
| 놀람 |

Q1   내 기억 중 가장 오래된 충격은?

A1   그 충격을 받았을 때 정확한 내 나이는 기억나지 않는다. 아마도 내가 대여섯 살쯤이었던 걸로 기억한다. 엘리베이터 안 거울을 보고 나는 너무 깜짝 놀랐다. 거울 속에 있는 내가 너무 못생겨서 몇 분간은 믿을 수가 없었다. 고개를 왼쪽으로 기울여 보고, 오른쪽으로 기울여 보고, 손도 들어보고, 내 볼을 꼬집어도 봤다. 내가 움직이는 대로 거울 속에 내가 움직이는 걸 보고 나는 절망했다. 엘리베이터 거울에 비친 나를 보기 전까지만 해도 나는 내가 진짜 예쁜 줄 알고 원피스만 입기를 고집하고, 집에 있는 절구 막대

기를 마이크 삼아 노래 부르고 온갖 예쁜 척을 다 했는데…. 거울 속에 비친 나는 내 기대에 미치지 못할 정도로 못생겨서 크게 실망했다. 그 이후 나는 현실을 받아들이고 쭈구리처럼 살고 있다.

Q2 내가 나이 들었다고 생각될 때는?

A2 어릴 적 부모님과 같이 뉴스를 볼 때 신기한 사람들이 종종 나왔다. 뉴스에서 소식을 전해주는 사람들은 얼굴을 보여주는데 그들은 고개를 푹 숙인 채 모자를 쓰고 얼굴을 보여주지 않았다. 그리고 두 손을 공손히 모으고 있었다. 엄마, 아빠는 정말 나쁜 짓을 한 사람들이라서 고개를 들 수 없는 거라고, 그래서 손도 저렇게 묶어둔다고 했다. 지금은 왜 그들이 고개를 숙이는지, 왜 손목에 수갑이 채워지는지 잘 아는 어른이 됐다. 언젠가부터 범죄자 나이를 의식하기 시작했다. 처음 시작은 '나랑 동갑이네.'에서부터였다. 그러다 나보다 점점 어려지는 가해자들을 보면 혼란스럽다. 나는 '잔혹한 범죄를 어떻게 어린 사람이 저지른단 말인가!' 하며 놀라기도 하고, 사람은 나이 들어도 범죄는 나이 들지 않는다는 생각에 씁쓸하다.

Q3   책을 읽을 때 책 내용이 아닌 다른 것에 놀란 적이 있는가?

A3   종종 중국 작가들이 쓴 책을 읽을 때면 읽고 있는 책의 원서가 어땠을지 상상해 본다. 빽빽하게 한문으로 채워진 책을 완성한 작가도 대단하고, 중국어책을 읽는 독자도 대단하다. 나는 한문 외우기를 너무 힘들어했다. 내게 한문은 단단한 벽돌처럼 느껴진다. 그래서 한문으로 쓰인 문장을 상상하면, 종이 위에 만리장성이 세워져 있는 것 같다.

그리고 다른 하나는, 나는 책을 읽을 때 작가와 엮은이, 옮긴이의 소개를 꼼꼼히 읽는 편이다. 어느 번역가는 영문학과나 독어독문과를 전공해 석박사까지 수료하시고 책은 중국어를 한국어로 번역하시기도 한다. 그분들의 무한한 능력에 감탄해 입이 떡 벌어진다.

아무도 하지 않아 내가 하는 인터뷰
| 놀이동산 |

Q1　살면서 가장 짧은 순간 삶을 회개한 적은?

A1　고1 여름방학 때 처음으로 자이로드롭을 탔다. 그 당시에 자이로드롭은 가장 무서운 놀이기구였다. 그때 나는 왜 그랬나 싶을 정도로 속으로 무서우면서도 끝까지 타겠다고 고집부렸다. 줄을 서면서 별로 안 무섭겠다고 하며 허풍을 떨다가, 막상 자이로드롭에 앉으면서 후회했다. 지금의 나로서는 상상할 수도 없는 일이다. 안전벨트를 매고 점점 높이 올라갔다. 올라갈 땐 나쁘지 않았다. 마침내 끝까지 올라가 덜컹하고 자이로드롭이 잠시 멈추고, 그 높이에서 360도 천천히 돌았다. 잠실 일대를 볼 때는 오히려 기분이 좋

았다. 석촌호수를 위에서 보면 이렇구나. 날씨 좋아서 예쁘네. 이런 생각을 했다. 그 생각이 미처 다 끝나기도 전에 자이로드롭이 떨어 지는데 순간 엉덩이가 의자에서 들렸고, 오장육부도 같이 들어 올 려졌다 훅 꺼져 내려가는 느낌이었다. 내 상체를 꾹 눌러준 안전장 치 덕분에 나는 다시 의자와 밀착돼서 죽지 않았다. 자이로드롭 이 지상에 내려오는 3초 동안 지난 삶을 돌아봤다. 그중 내가 잘못 한 일들만 떠올라 앞으로 잘하겠다, 특히 엄마에게 잘하겠다고 속 사포 랩을 하듯 속으로 다짐했다. 지금 와서 고백하자면 나는 그때 엄마, 아빠에게 거짓말을 하고 친구들과 롯데월드에 갔다.

Q2 사람들의 오해를 받았지만 웃으며 넘어갈 수 있었던 순간은?

A2 나는 놀이기구를 타는 걸 무서워한다. 특히 바이킹이나 롤 러코스터처럼 높은 곳에서 갑자기 떨어지는 놀이기구를 탈 때 오 장육부가 출렁하는 기분이 들어서 질색이다. 그런데 아이들과 놀이 공원을 가면 보호자가 같이 아동용 바이킹이나 롤러코스터를 타 야 할 때가 있다. 아동용이니 모든 것이 다 작다. 의자도 작고, 기 계가 올라가는 높이도 낮다. 어른 놀이기구보다 타는 시간이 짧으 니, 좀만 참으면 끝날 거라는 희망을 품고 기다렸다. 불안하지만 보 호자니까 씩씩한 척 아이들과 같이 놀이기구를 탔다. 올라갔다 한

번에 확 내려올 때의 그 느낌은 아동용 놀이기구라고 무시할 것이 아니다. 놀이기구가 속도를 낼 때마다 나는 장기가 후드득 떨어지는 느낌이 들어 소리를 질렀다. "으악!! 너무 싫어!!" "언제 끝나! 집에 가고 싶어!" 눈을 질끈 감고 소리 질렀다. 어차피 알아듣는 사람도 없을 것 같아서 내가 느끼는 공포감을 냅다 소리로 날렸다. 다 끝나고 드디어 놀이기구에서 내려오는데 줄 서고 있던 다른 미국 부모들이 저 엄마 정말 놀이기구 좋아하는 것 같다고 했다. 허허허 그저 웃지요.

아무도 하지 않아 내가 하는 인터뷰
| 직업 |

Q1 남편이 추천해 준 직업은?

A1 작가. 나는 살면서 한 번도 작가가 될 생각을 해본 적이 없었다. 남편을 만나기 전까지. 남편이 어느 날 나에게 느닷없이 작가를 해보라고 했다. 나 같은 사람이 무슨 작가냐고 애 키우다 늙어 죽는 게 내 팔자라고 했다. 그런데 지금 등단작가는 아니더라도 일주일에 한 편의 글을 몇 년간 꾸준하게 쓰고 있다. 컴퓨터 하드에 모은 글이 생각보다 많아서 신기했다. 그래서 궁금해졌다. 나도 생각하지 못했던 작가라는 길을 남편은 어째서 추천해 준 걸까? 그래서 인터뷰 속의 인터뷰로 물어봤다. 과연 남편은 나의 어떤 점을 보

고 작가가 되는 걸 추천했는가? 남편의 대답은 간단명료했다. "풍부한 상상력, 책벌레, 뭐든지 노트 필기로 써야 하는 직성" 남편은 마지막 답으로 이야기한 '써야 하는 직성'에 대해서는 "기억력이 안 좋아서 그런 건지도"라는 말을 덧붙였다. 알고 보니 '뭐야 이런 거 때문에?'라며 조금 허탈하기도 했지만 내가 보지 못한 내 다른 면을 봐준 남편 덕분에 나는 괴로우면서도 즐겁게 쓴 글을 가지고 매주 목요글방에 참여한다.

Q2   만약 대학교 총장이 돼서 총장의 재량으로 교양과목을 개설할 수 있다면 어느 과목을 개설하고 싶은가?

A2   우선 대학을 졸업한 지 오래돼서 내가 생각한 과목이 이미 개설됐을 수도 있겠다는 생각이 든다. 어차피 전공과목은 좀 더 심층적으로 전문적인 지식을 탐구하는 과목이라면 교양과목 중 한 과목 정도는 살면서 필요한 기술을 배우는 것도 나쁘지 않을 것 같다. 나는 가끔 거절하기 힘든 부탁을 받는데 그럴 때마다 어떡해야 할지 모르겠다. 너무 세차게 거절하면 부탁한 사람이 민망해지고, 나와의 관계가 어색해질 것 같은 두려움이 있다. 그렇다고 너무 에둘러서 거절하면 얼렁뚱땅 부탁을 받아들인 것으로 오해받기도 한다. 때로는 거절했음에도 상대방이 끈질기게 부탁하는 난처

한 상황을 맞이한 적도 있다. 상대방의 부탁을 정중하지만 단호하게 거절하고 그 후에도 관계가 어색해지지 않는 방법을 한 학기 동안이라도 배울 수 있으면 평생 요긴하게 써먹을 수 있을 것 같다. 그런 기술을 배워보고 싶은 마음에 '거절학'이라는 과목을 개설해보고 싶다.

혼자 하기 힘들지만
같이 하면 할 수 있는 일

안녕하세요? 이렇게 만나게 돼서 반갑습니다. 여러분을 처음 만나는 자리라 설레기도 하고 긴장도 됩니다. 저는 앞으로 십육 주 간 여러분들과 함께 거절학을 연구해 볼 예정입니다. 거창하게 얘 기해서 연구지 같이 고민하고 실천해 보는 한 학기라고 편하게 생 각해 주시면 좋겠습니다. 먼저 여러분들은 거절학이라는 과목이 생소하실 텐데요. 거절학은 말 그대로 거절하는 법을 연구하는 학 문입니다. 거절을 굳이 학문적으로 접근해야 하는 걸까? 하고 생각 하실 수 있습니다. 하지만 우리가 사는 세상을 한번 떠올려 보십시 오. 우리는 끊임없이 부탁하고 부탁받으며 살고 있습니다. 그리고 거절당하기도 하고 거절해야만 하지요. 만약 부탁하는 사람이 저와 전혀 친하지 않다면 거절이 그렇게 어렵지 않습니다. 거절하고 나서도 꺼림칙하지 않지요. 하지만 저를 정말 잘 알고 함께한 시간이 오래된 사람이 하는 부탁을 단칼에 거절하기란 쉽지 않습니다. 설사 거절한다고 해도 거절한 이후, '내가 그냥 들어줄 걸 그랬나?' 하며 다시 고민이 시작되기도 합니다. 이렇듯 거절은 나와 상대방과의 관계에 따라 난이도가 달라집니다. 그렇기 때문에 거절을 기술적으로 접근하는 것이 아니라 나를 둘러싼 인간관계에 대해 깊고 다양한 각도로 생각한 후에 실행하는 것이 좋습니다. 그렇다면 인간관계는 또 어떻게 고민해야 할까요? 내가 있어야 내 주변 사람도 존재하는 것입니다. 내 인간관계를 파악하려면 나에 대한 심도 있는 고찰이 필요합니다. 십육 주 동안 저는 여러분과 여러분을 둘러싼 인간관계에 대해 함께 분석할 예정입니다.

그렇다면 우리는 왜 거절하기를 두려워할까요? 저는 크게 두 가지 이유가 있다고 생각합니다. 먼저 우리는 상대방과 관계를 유지해야 한다는 강박에 갇혀 있기 때문입니다. 부탁받는 사람이 거절하기 어려워할 걸 알면서도 자꾸 난처한 부탁을 하는 사람이 두 사람의 관계를 흔드는 것이지요. 또 어떤 사람들은 거절하기 애매한 부탁을 상습적으로 하기도 합니다. 우리는 그런 관계를 유지하려고 부단히도 노력합니다. 이 관계가 거절로 인해 끊어진다는 걱정에 일방적으로 관계에 끌려가다 보면 언젠가는 나 자신을 잃을 수도 있습니다. 이제부터라도 우리는 우리 자신을 지키기 위한 울타리를 치는 작업이 필요합니다. 제가 말씀드리는 울타리는 내가 안전하다고 느낄 정도로 치는 울타리를 의미합니다. 높은 담벼락이나 성벽을 쌓아 나를 고립시키라는 뜻이 아닙니다. 너무 낮아 아무나 시도 때도 없이 내 공간을 침범하게 해서도 안 되겠지요. 내가 상대방과 눈맞춤을 할 수는 있지만 아무나, 아무 때나 들이닥칠 수 없는 나만의 공간을 확보할 수 있는 울타리를 세우자는 겁니다.

두 번째 이유는 내 입으로 부정적인 답변을 하는 게 어색하기 때문이라고 생각합니다. 우리는 그동안 착한 사람이 되도록 교육받아 왔고 강요되어 왔습니다. 그러면서 나보다는 상대방에게 더 초점이 맞춰진 도수가 맞지 않는 안경을 쓰고 살아왔습니다. 이제는 나에게 맞는 안경을 쓰거나 아니면 아예 안경을 벗어 던지는 용기가 필요합니다. 그러기 위해 우리는 여러 가지 방법으로 부정적인 대답을 해보는 연습을 할 것입니다.

강의계획표

- 1~2주   나에 대해 파악하기
- 3~4주   수용과 거절의 경계선 설정하기
- 5주   나를 중심으로 한 인간관계도 그리기
- 6~7주   인간 관계도에 따라 인간관계 정리 계획 세우기
- 8주   부탁 리스트 만들기
- 9주   동일한 인물이 여러 부탁을 했을 때 수용의 난이도 등급 나누기
- 10주   동일한 부탁을 받았을 때 수용할 수 있는 인간관계의 범위 정하기
- 11주   [조별 가상실습] 사소한 부탁 거절해 보기
- 12주   [조별 가상실습] 전혀 모르는 사람의 부탁 거절해 보기
- 13주   [조별 가상실습] 자주 만나는 사람의 부탁 거절해 보기
- 14주   [조별 가상실습] 거절해도 반복해서 부탁하는 사람의 부탁 거절해 보기
- 15주   [조별 가상실습] 예전에 거절하지 못했던 부탁 거절해 보기
- 16주   종강 파티

* 조별 가상실습은 매주 다른 조원 구성으로 짜일 계획입니다. 조를 짜는 이유는 강의를 듣는 수강생 모두가 한 번씩 거절을 주고받기 위해서입니다.

저는 여러분이 이 수업을 마치고 단번에 거절의 달인이 될 거로 생각하지 않습니다. 거절의 달인이 되지 못하는 건 당연합니다. 이제 시작한 첫 거절이니까요. 우리가 연습해 본 대로 못 해도 괜찮습니다. 우리는 이제 처음 걸음마를 뗀 아기들입니다. 아직 단련되지 않은 근육을 가진 아기들처럼 뒤뚱거리며 걷다 넘어져도, 다시 일어나면 됩니다. 걸을 때도, 넘어질 때도 우리 근육은 단련됩니다. 그러니 너무 조급하게 생각하거나 좌절하지 마십시오. 처음부터 잘하는 사람은 없습니다. 단번에 해내지 못하는 우리는 아무 문제없는 보통 사람들입니다. 이 수업으로 거절에 대해 다시 생각해 보고, 그에 앞서 나에 대해 깊이 생각해 보는 시간을 가지셨으면 좋겠습니다. 살다 보면 막다른 골목에 다다를 때도 있고, 답이 없을 때가 있는데 그때 우리가 함께 고민하고 연습했던 이 시간을 떠올리시길 바랍니다. 떠올리는 것만으로 버틸 힘과 앞으로 헤쳐나가는 힘이 생길 수도 있으니까요. 그리고 마지막 주 종강 파티에 참석하고 싶지 않은 분이 계신다면 제게 말씀해 주십시오. 그것 역시 우리가 할 수 있는 거절 중 하나니까요. 그럼 다음 주에 뵙겠습니다. 감사합니다.

부치지 못할 편지

최진철 선생님께

선생님 안녕하세요? 갑자기 불쑥 삼십 년 만에 인사드립니다. 오랜 세월이 지난 지금 과연 제가 선생님 기억 속에 존재하는지 궁금합니다. 선생님은 제 초등학교 4학년 담임선생님이셨죠. 저는 이제 마흔 살의 애 엄마가 되었으니, 시간은 정신없이 저희를 몰고 가는 듯한 느낌입니다. 선생님은 지금 어디에 계시고 어떻게 지내실까요?

선생님은 제 평생 만났던 많은 선생님 중 가장 특별하신 분이셨어요. 선생님은 다른 선생님들과 달리 학생들을 친근하게 대해주셨어요. 그 당시에 교사의 위엄을 내려놓고 아이들 눈높이에 맞춰 주신 선생님을 만날 기회는 아주 드물었습니다. 저는 운 좋게 선생님을 만나 행복한 4학년을 보냈습니다. 그래서 그때 반 친구들 모두 선생님을 좋아했어요. 선생님은 점심시간에도 직접 싸 오신 도시락을 반 아이들과 돌아가면서 한 명도 빠짐없이 같이 점심을 드셨습니다. 시간이 되는대로 운동장에서 반 아이들에게 다 같이 피구를 하라고 하셨어요. 덕분에 저는 즐겁게 학교 다녔습니다. 운동을 못하는 저에게 피구는 그나마 할 수 있는 운동이어서 그 시간만을 기다리기도 했어요. 선생님은 누구에게든 편견을 가지지 않으셨고 평등하게 반 아이들을 대하셨습니다. 언젠가 소년소녀가장들이 자신들의 이야기를 글로 엮어낸 책을 선생님께서 소개해 주셨어요. 관심 있는 친구들은 같이 사서 읽어보자고요. 지금 생각해 보니 제 인생의 첫 공구는 선생님의 추천 책이었네요. 그때 처음 접했던 마음 아픈 이야기들은 어린 나이에 단순하게 '슬프다. 내 곁에 엄마, 아빠가 있어서 다행이다. 나에게 이런 일이 일어나면 어떡하지?'라는 두려움 정도였습니다. 어른이 되고 나서야 선생님이 어떤 마음으로 책 공구를 진행하셨는지 혼자 추측해 봤어요. 선생님은 그 책을 쓴 아이들을 조금이라도 도와주시고 싶은 그런 마음으로 제안하셨던 거겠지요.

4학년의 저는 지금처럼 아무런 특징이 없는 물 같은 아이였습니다. 공부를 잘하는 것도 아니고 그렇다고 아주 못하는 것도 아니고, 친구들에게 아주 인기 있는 편도 아니었습니다. 그렇다고 친구가 없어 눈길이 가는 학생도 아니고, 반 아이들과도 적당히 지내며 크게 말썽부리지 않는 학생이었죠. 저는 지금도 그렇게 살고 있습니다. 선생님 기억하세요? 그 당시에는 숙제 중 하나가 일기 쓰기였습니다. 어느 주말 우리 가족은 경주로 당일치기 나들이를 갔습니다. 그때 석굴암을 난생처음 보고 느꼈던 전율에 관해 쓴 일기를 보시고 선생님은 저를 따로 부르셨어요. 그때 선생님 말투는 아직도 제 머릿속에 생생히 남아 있습니다. 저를 나무라시는 것 같기도 하고, 놀라신 것 같기도 한 선생님께서는 "지영아. 네가 이렇게 글을 잘 쓰는 줄 몰랐다."라고 하셨죠. 그때까지 저는 글을 잘 쓴다는 말을 포함해서 학교에서 칭찬을 받아본 적이 한 번도 없었습니다. 처음 받아본 칭찬에 얼떨떨하고, 당황해서 아무 말도 못 하고 서 있었습니다. 저도 몰랐던 칭찬에 대한 갈급증을 선생님께서 알아봐 주신 것 같습니다. 선생님은 그 일기장을 교내 글쓰기 대회에 제출하시고 정말 놀랍게도 저는 그 글로 우수상을 받게 되었습니다. 그리고 그 상은 제 초등학생 인생에 받은 유일한 상이었습니다. 저는 항상 교탁 앞에서 상을 받는 아이들의 뒤통수를 바라보며 박수 치러 학교에 다니는 줄 알았는데 저도 박수받을 기회를 주신 건 선생님이 유일하셨습니다. 저는 그 뿌듯했던 기억을 한 번씩 꺼내보곤 합니다.

그렇게 일 년의 시간을 선생님과 보내고 저는 부산을 떠나 여수로 이사하게 되어 선생님과 반 친구들하고 헤어져야 했습니다. 4학년 생활이 너무 행복해서 저는 여수로 이사 가는 걸 무척 싫어했어요. 떠나기 전 저는 엄청나게 마음의 상처를 받았던 일이 있었습니다. 선생님께서 그 일을 아셨는지 모르겠지만, 선생님은 여수로 가기 전 겨울방학 어느 날 저를 학교에서 만나자고 하셨죠. 학교 운동장에 있던 스탠드에서 선생님과 나란히 앉았습니다. 선생님께서 여수에 잘 가라고 하셨고 더 많은 말씀을 해주셨는데 야속한 삼십 년의 세월은 선생님의 소중한 말씀을 다 지워버렸어요. 그리고 선생님은 저에게 일본 작가가 쓰고 그린 식물도감 세트 세 권을 선물해 주셨어요. 뜻밖의 선물이었고, 그것도 제가 좋아하고 존경하는 선생님이 마지막이라고 주신 선물을 받아 저는 말할 수 없이 기뻤고 감동받았습니다. 그때는 어려서 선생님의 마음을 잘 몰랐습니다. 사실 떠나는 저는 굳이 챙겨주실 필요 없는 학생이었는데도 선생님은 저를 위해 일부러 시간을 내서 작별 인사를 따로 해주셨어요. 떠나는 제게 어떤 선물을 줘야 할지 고민하시고, 책을 선물해 주신 그 의미의 무게를 어른이 된 지금 생각해 보면 마음이 먹먹해지기도 하고, 뚝배기에서 보글보글 끓고 있는 비지찌개처럼 제 마음이 오래도록 뜨끈해집니다. 저는 처음 도감이라는 걸 그 책을 통해 알게 되었어요. 저는 여수까지 가는 내내 그 책들을 끼고 다녔고, 몇 년 동안 그 책을 보면서 선생님을 떠올리고 그리워했습니다.

책을 읽으면서도 닳을까 걱정했었죠. 그러면서도 계속 책을 읽고 또 읽었습니다. 이제는 세월이 많이 흘러 그 책이 어디론가 사라져 버렸습니다. 저는 제 의지와 상관없이 또 한 번 선생님과 이별하고 말았습니다.

선생님! 저는 지금 미국에 살고 있습니다. 벌써 팔 년 넘게 타국 생활을 하고 있어요. 그 사이에 아이들을 둘이나 낳았고요. 장담컨대 선생님이 저희 아이들을 보셨다면 정말 아주 좋아하셨을 겁니다. 가끔 제 인생을 돌아볼 때면 저는 제가 감당하지 못할 정도로 멀리 떠밀려 온 것 같아요. 저는 두 아이를 키우느라 저 자신이 점점 사라지고 있다는 생각도 듭니다. 주위에서는 지금이 제 인생에서 가장 빛나는 시간이라고 두 번 다시 돌아오지 않는다고 합니다. 저도 알지만 힘겨울 때가 있어요. 제 삶은 아이들을 빛나게 해주려고 몸이 타들어 가는 초의 심지 같다고 생각합니다. 그래서 제가 버틸 수 있는 힘을 찾기 위해 많은 시도를 해봤는데요. 결국 저는 저 자신이 되기 위해 책을 읽고, 글을 쓰기 시작했어요. 거창한 독서도 아니고 대단한 글쓰기도 아니지만요. 저는 저만의 세상에서 마음껏 뛰어놀고, 제 생각을 그리고, 자유롭게 춤추는 방법이 글쓰기라는 걸 삼십 년을 돌고 돌아 깨달았습니다. 어차피 타버리는 초가 제 운명이라면 글을 쓰며, 글로 주변까지 밝게 비춰주는 촛불이 되려고 합니다. 심지가 다 타버릴 때까지 읽고 쓰며 살아가는 것이 의미가 있다고 생각했거든요. 제가 글을 쓰면서 막힐 때도, 다 쓰고 나서 뿌듯할 때도, 쓴 글을 공개해서 마음 따뜻해지는 감상평을 들을 때도 항상 "지영아. 네가 이렇게 글을 잘 쓰는지 몰랐다."라는 선생님의 칭찬이 떠오릅니다. 그 칭찬은 제 글쓰기 과정 중 가장 마지막에서 두 팔 벌리고 제 글을 기다려 주는 결승선 같아요.

　글을 쓴다고 해서 저는 이름을 들으면 알만한 작가가 되진 못할 겁니다. 그리고 이 편지를 선생님께 부치지 못할 것도 알고 있습니다. 이 편지가 선생님께 닿지 못하는 건 너무 오랜 시간 동안 선생님을 찾아뵙지 못한 것에 대한 대가겠지요. 4학년의 저는 간절히 바라는 게 있다면 반드시 이루어진다고 철석같이 믿었지만, 어른이 되면서 세월의 파도를 타다 보니 바라는 대로 되지 않는 세상을 알아버렸어요. 선생님께서 저에게 작별 인사 하셨을 때 제가 제대로 인사도 하지 못하고 헤어졌던 걸로 기억합니다. 세월이 지나서야 편지를 쓴 제가 다시 선생님께 제대로 작별 인사를 남기고 이 편지를 마치고자 합니다.

　선생님의 따뜻한 시선 덕분에 저는 산산조각 깨져버린 제 조각을 다시 주워 맞출 수 있었습니다. 선생님의 시선은 처참히 무너져 버린 한 사람을 살리는 힘을 가졌고, 그 사람이 두 아이를 키울 정도의 힘을 전해줬습니다. 저는 선생님의 너그러운 마음을 진심으로 존경합니다. 저도 선생님 같은 사람이 되고 싶습니다. 아주 늦고 부끄러운 고백이지만 선생님 사랑합니다. 선생님께서 어디서든 건강하게 지내시길 온 마음을 다해 기원합니다.

2021년 11월 3일
제자 문지영 올림

3부

'행복하게 살았습니다.' 마지막 줄 넘어

지구 반대편 투덜이

그날은 여느 목요일과 다를 것이 없었다. 나는 글방 식구들과 즐겁고도 진지하게 글방 시간을 채웠다. 글방이 끝나자 나는 다시 주부로 돌아갔다. 큰아이는 이미 등교를 마친 후였다. 집에 남은 작은아이의 아침 식사를 챙기고 나도 아침밥을 대충 챙겨 먹었다. 남편은 팬데믹 이후 여전히 재택근무를 하고 있다. 나는 작은아이의 애교도, 떼도 다 받아내고 흘려보내며 오전을 보냈다. 늘 그렇듯 '오늘 점심은 또 뭐 먹지?'의 고민 끝에 겨우 점심을 차려 먹었다. 그리고 작은아이 낮잠 시간에 옆에서 나도 모자란 잠을 메꿨다. 그날 큰아이는 학교에서 구글맵을 처음 접했다. 집에서 나와 함께 구글맵을 써보자고 했다. 나와 큰아이는 구글맵에 키예프[■]를 검색했다. 그게 우리와 키예프와의 첫 만남이었다. 그곳은 무척이나 아름다운 도시였다. 우리는 나란히 앉아 키예프의 한 국립공원에서 찍은 동영상을 봤다. 그 동영상은 누군가 핸드폰으로 촬영한 듯했다. 영상 속 주인공은 수북이 쌓인 낙엽을 밟으며 공원을 걸었다. 키예프의 아름다운 가을을 보여준 아주 짤막한 동영상이었다.

그날은 마침 시부모님이 한국으로 가시기 전, 우리 가족과 저녁 식사를 함께 하기로 한 날이었다. 내가 존재하는 곳이 전쟁터와 아주 먼 거리에 있다는 걸 다시 한번 실감했다. 식당에 있는 사람들은 전쟁과는 상관없는 평온한 저녁 식사를 하고 있었다. 건너 테이블에 앉은 신사는 날씨 이야기로 화두를 연 것에 이어 다른 좋은 화젯거리가 떠오른 듯 "아! 오늘 그 소식 들었지? 러시아가 결국 우크라이나를 침공했다더군."이라는 말로 대화를 이어갔다. 자신이 있는 곳에 포탄이 떨어지지 않아야 나올 수 있는 말이었다. 그 말투는 차분하고 냉정했다. 우리를 보호해 주는 평온함이 오만하게 느껴졌다. 식사를 하면서 전투가 벌어진 우크라이나가 한 번씩 떠

■ 키예프는 우크라이나 수도 키이우를 러시아식으로 발음한 것이다. 대부분 사람은 우크라이나에 전쟁이 발발하기 전, 우크라이나 수도를 키예프로 알고 있었다. 글에서는 우리가 처음 우크라이나에 대해 접했을 때의 생소함을 전달하기 위해 예전에 쓰던 '키예프'로, 전쟁 소식을 들은 후에는 우크라이나 국민에 대해 걱정하는 마음과 그들을 더 이해하고 공감하는 취지로 '키이우'라고 명명했다.

올랐다. 차분하게 식사하는 척했지만, 음식이 따가운 가시로 변해 목구멍에 박힌 것 같았다. 내가 있는 식당이 우크라이나 사람들에게는 연극무대 같을 것이고, 내가 듣는 우크라이나 소식은 역사책에 나온 사건 같았다.

그날은 2022년 2월 24일. 러시아가 우크라이나를 침공한 날이었다.

한 지붕 아래 내가 가족들과 사는 모습을 자세히 들여다보면 그리 아름답지만은 않다. 나는 잘하지 못해도 집안일을 해내야 한다. 아이들은 서로 잘 놀다가도 툭하면 싸운다. 나는 두 아이의 구구절절한 사연도 듣고, 아이들을 혼내기도 한다. 아이들과 재밌게 지내다가도 징징대고 말끝을 늘어뜨리는 아이들의 볼멘소리에 지쳐 아이들에게 짜증 내고 만다. 그러고 나면 마음이 불편해진다. 그러지 말걸. 쓸쓸한 후회만 남는다. 초롱초롱한 아이들의 눈이 가시 같은 내 말 때문에 빛을 잃어가는 것은 아닌지 걱정된다. 미안한 마음이 들면서도 내 멋대로 움직이는 입에서는 상처 될 말들이 쏟아져 나온다. 다른 사람들이 등을 돌려도 나만큼은 끝까지 아이들 편이 되겠다던 모성애의 초심은 다 어디로 갔던가. 구김살 없는 아이들로 키우려고 했는데, 내가 아이들을 구기고 있다. 어른들은 내게 지금이 인생에서 가장 빛나는 시기라고 한다. 머리로는 이해하지만, 한 번씩 가슴 깊은 곳에서 의문이 든다. 정말 빛나는 순간일까? 그럼 나는 지금 행복한 걸까? 우리 가족은 행복할까? 나는 복에 겨워 불평만 늘어놓는 투덜이 아줌마로 살면서 소중한 순간을 손가락 사이로 모두 흘려보내는 중이다.

대략 4,897마일, 킬로미터로 환산하면 7,880킬로미터 떨어진 그곳에 사는 어느 가족의 일상은 한순간에 모두 바뀌었을 것이다. 아빠는 전쟁터로 징집되고, 아이는 장난감을 챙기기도 전에 엄마 손에 이끌려 피난길을 떠났을 것이다. 그들이 떠난 피난길은 고되고 무서웠겠지만, 나로선 그 깊이를 가늠할 수 없다. 그 가족이 마지막으로 나눈 대화는 무엇이었을까? 사랑한다고, 우리는 다시 만날 거라는 말이었을까? 전쟁 발발 일주일 전, 아이가 혼자 우유를 따를 수 있다고 우겼을지 모른다. 아이가 우유를 컵에 따르다 그만 우유를 왈칵 쏟아버려 아이 아빠는 한숨을 푹 쉬며 아이에게 짜증 냈을 수도 있겠다. 그때 짜증 낸 것이 마음에 남아 아이와 헤어지기 전 한 번이라도 더 얼굴을 맞대고 팔을 벌려 아이를 안았을까? 어쩌면 아이 엄마는 늦게까지 자지 않는 아이에게 밤늦게 자면 침대 밑에 숨어 있는 귀신이 널 무섭고 어두운 곳으로 데려간다고 이야기했던 걸 두고두고 후회할지도 모른다.

나는 우크라이나에서 벌어지는 전쟁이 하루빨리 끝나기를 소망한다. 우크라이나 국민이 다시 그들 터전으로 돌아가기를 진심으로 바란다. 아마도 우리 모두 같은 마음일 것이다. 우리가 다른 시간대에 살아도, 다른 언어를 쓰고, 다른 음식을 먹어도 우리가 함께 봄을 맞이하고 가족과 뒤엉켜 일상을 누리길 기원한다. 다시 만난 가족이 키이우에 있는 공원으로 도시락을 싸서 소풍도 가고 서로 손을 꼭 잡고 산책도 하면 좋겠다. 내가 어릴 적 읽은 동화책 속 "그 후로 오래오래 행복하게 잘 살았답니다."의 마지막 줄을 넘어 그다음 단락이 채워지기를 바란다. 다시 만나서 행복한 가족들이 행복 너머에 있는 지루한 삶을 살길, 그들이 행복에 무뎌지고, 다시 볼멘소리로 서로에게 잘못을 떠넘기며, 말다툼하기를 바란다. 그들에게 다시 찾아온 만남이 너무 소중해 날아가 버릴까 봐 불안한 행복이 아닌, 그게 일상이고 생활이기를, 그들이 누리는 일상이 지겨 우리만큼 평범하고 권태롭기를 염원한다. 그들이 나와 같은 불만 많은 투덜이가 되면 좋겠다. 그들도 나처럼 가족들에게는 뾰족하면서도 남들에게는 웃어주는 이중적인 모습에 홀로 뜨끔하고 괴로워하다 반성으로 하루를 마감하는 밤을 맞이하길 기원한다.

진짜 동전

샤얀 씨는 운동을 좋아했다. 그는 평소에 친구들과 축구나 농구하며 시간 보내는 걸 좋아했다. 그는 책도 좋아해서 자주 도서관에서 책을 읽었다. 책 속에는 그가 있는 곳보다 더 넓은 세계가 있었다. 그는 자기가 가보지 못한 세상을 동경했다. 샤얀 씨는 하고 싶은 일이 많았다. 그중 하나는 지금 사는 곳을 떠나 새로운 곳에서 살아보는 것이었다. 다른 나라에서 일도 하고 여행도 다녀보고 싶었다. 그 바람은 그가 먹어본 적은 없지만 육즙이 많고 달콤한 이국적인 과일 같은 상상이었다. 그가 그리던 꿈은 그의 미래와 그의 가족까지 책임질 수 있는 커다란 꿈이었다. 그러던 중 지역 신문에 실린 구직란에 카타르 건설 현장으로 해외 취업을 도와준다는 광고를 보자 샤얀 씨는 지금이 그가 새로운 도전을 해야 할 때라고 생각했다. 광고를 보고 당장 회사에 전화했다. 직업안내소 직원이 말하길, 카타르에서 하게 될 일은 오 년 뒤에 열릴 월드컵 경기장을 짓는 일이라고 했다. 샤얀 씨가 건설 현장에서 일해본 적이 없다고 하자 직원은 경력이 없어도 현장에서 노련한 기술자들이 많으니 거기서 일을 배우면 된다고 했다. 축구를 좋아하는 샤얀 씨는 월드컵 경기장을 자신이 직접 짓는다는 생각만으로도 설렜다. 샤얀 씨는 그 길로 가족들에게 자신의 계획을 알리러 집으로 갔다. 샤얀 씨는 부모님과 조부모님, 누나와 형들에게 이번 기회는 그의 인생에 두고 두고 좋은 밑거름이 될 것이라고 설득했다. 한 번도 떨어져 살아본 적 없는 식구들은 그의 해외 취업이 걱정됐다. 샤얀 씨는 그가 완공에 일조한 경기장에서 열리는 월드컵을 이 거실에서 다 같이 보자고 약속했다. 그건 정말 멋진 일일 것이라는 말에 그제야 가족들은 그의 새로운 도전을 응원했다. 공항에서 작별 인사를 하는 순간까지도 눈물 흘리던 어머니를 뒤로하고 그는 비행기에 몸을 실었다. 그리고 월드컵이 시작되려면 이 년도 더 남은 여름, 샤얀 씨네 집 전화벨이 울렸다. 샤얀 씨가 심장마비로 공사 현장에서 사망했다는 전화를 받자, 막내아들을 잃은 그의 어머니는 그 자리에서 쓰러졌다.▪

▪　샤얀 씨 이야기는 허구다.

164

벌써 사 년이 지났다. 공 하나가 그물을 흔들면 경기장을 가득 메운 관중들은 물론, 경기장 밖에 있는 사람들까지 땅이 흔들릴 정도로 환호하는 월드컵이 시작됐다. 최초로 중동에서 개최한 카타르 월드컵은 기존 월드컵과는 달리 여름이 아닌 겨울에 열렸다. 선수들이 경기를 하기 힘들 정도로 더운 카타르 여름 날씨는 섭씨 40도가 넘는다. 말이 40도지 나는 아직 살면서 40도 더위를 체감해 본 적이 없다. 후덥지근한 카타르 여름을 건장한 축구 선수나, 축구 팬이 이겨내기 힘든 건 당연하다. 하지만 실제로 살인적인 더위를 버텨내야 하는 사람들이 있었다. 십이 년 전, FIFA가 2022년 월드컵 개최지로 카타르를 선정했다. 카타르는 불가능을 가능하게 만들어야 했다. 사막 한가운데에 여러 축구 경기장을 건설하는 것은 물론, 도로를 새로 깔고, 숙박시설, 편의시설을 갖춘 신도시를 건설해야 했다.

40도가 넘는 무더운 날씨, 먼지가 풀풀 날리는 극한의 근로환경에 과연 누가 일할 것인가? 나는 그들을 꿈과 희망을 품은 사람들이라고 말하고 싶다. 자신과 가족의 더 나은 미래를 꿈꿨던 사람들. 부푼 꿈을 안고 많은 외국인이 카타르로 모였다. 하지만 달콤한 꿈이 깨지는 순간은 머릿속에서 상상했던 모습과 다른 현실을 마주할 때다. 외국인 노동자들은 40도를 넘나드는 날씨에도 쉬지 않고 일해야 했고, 숙소 상태는 열악했다. 근무 시간은 19시간까지 이어진 경우도 허다했다. 이 정도 근로환경이라면 사람이 죽어나갈 수밖에 없을 것이다. 오히려 살아 돌아간 것이 기적일지도 모른다. 6,751명 외국인 노동자가 월드컵 관련 공사를 하다 사망했다고 한다. 그렇게 힘들고 위험한데 그만두면 되지 않느냐고 하겠지만, '그만둘까?'라고 가장 많이 생각한 사람은 다른 누구도 아닌 외국인 노동자들이다. 외국인이 카타르에서 일하려면 비자■가 필요하다. 외국인 노동자가 비자를 발급받을 수 있도록 고용주는 보증을 서주는 대신 막대한 권한을 갖는다. 벗어날 수 없는 구조에 갇혀 죽도록 일만 했던 외국인 노동자들의 하루가 참으로 고됐을 터. 아득하게 느껴지는 귀국 날만 목 빠지게 기다렸을 그들이 안쓰럽다.

이런 일은 비단 카타르에서만 일어나는 게 아니다. 전 세계 어디서든 힘이 약한 쪽이 힘이 더 센 쪽에 의해 짓눌리고 만다. 어느 외국인 노동자가 한국 사람을 보고 호기심 가득한 얼굴로 "한국 사람? 반가워요. 근데 시발놈이 무슨 뜻이야?"라고 물어봤다는 이야기를 듣고 내 얼굴이 화끈거렸다. 그들이 흘리는 땀이 그들 나라

■ 카팔라제도: 중동 걸프 지역 노동계약 시스템. 외국인 노동자들이 걸프 지역 국가에서 일하려면 비자를 발급받아야 한다. 고용주가 비자 발급의 보증인이 되는데 이때, 피고용인은 고용인의 동의를 얻어야 이직, 사직, 입출국이 가능하다. 일부 고용주는 여권을 아예 압수하기도 했다. 심지어 임금체불까지 당한 외국인 노동자들도 있었다. 국제적 비판이 거세지자, 현재 카타르는 카팔라제도의 문제점을 대폭 수정해서 시행하고 있다(출처: SBS news, https://www.cfr.org/backgrounder/what-kafala-system).

가 우리나라보다 가난하기 때문에 당연한 건 아니다. 외국인 노동자가 낯선 나라에 와 적응할 틈도 없이 일을 시작했으니, 그들이 서툴고 실수하는 건 당연하다. 그런데도 그들은 멀쩡한 이름 대신 시발놈이니 개새끼라는 욕으로 불렸다. 일부 악덕 고용주들은 외국인 노동자들이 일하다 손이 잘리고, 다리를 다치고, 목숨을 잃은 걸 슬프고 안타까운 일로 받아들이지 않는다. 나는 일부 고용주들이 일하다 다친 외국인 노동자들의 부상을 어떻게든 산재 처리 하지 않으려고 모른 척한다는 이야기를 듣고 마음이 불편했다.

카타르 월드컵 개막식은 화려하고 실수 없이 잘 치러졌다. 경기장은 냉방 시설이 잘 구비되어 있어 관중들은 쾌적한 환경에서 개막식을 즐길 수 있었다. 귀여운 마스코트가 경기장 높은 곳에 둥실 떠올랐다. 관중들은 경기장에서 떠오른 마스코트를 바라보며 행복하게 웃었다. 그 높은 경기장을 짓다 몇 명이나 떨어져 죽었을까? 사망자 수보다 사망자 이름이 궁금하다. 주요 인사들이 여유 있는 미소를 띠며 박수 칠 때 앉았던 의자를 조립한 근로자는 누구였을까? 그 사람은 일하면서 손을 다치진 않았을까? 경기장에 에어컨을 설치했던 근로자는 일하던 중 에어컨 바람 아래에서 쉰 적은 있었을까? 이런 생각은 남의 잔칫날에 찬물을 끼얹는 것으로 보일 수 있다. 멋지고 완벽해 보이는 개막식을 보는 내내 나는 불편한 질문만 떠올랐다. 분명 동전에는 앞면도 있고, 뒷면도 있어야 세상에 통용되는 진짜 동전인데 내 손에 쥐어진 동전은 앞면만 있고 뒷면은 아무것도 새겨지지 않은 매끈한 가짜 동전이다. 나는 그게 이상해서 자꾸만 반질반질한 동전 뒷면을 손가락으로 매만지고 있다.

나는 우리 주머니 안에 진짜 동전만 있으면 좋겠다. 어느 쪽을 만져도 도톰하게 올라온 동전, 앞면과 뒷면에 다른 그림이 공존하지만, 같은 값어치가 새겨진 진짜 동전 말이다. 내가 사고 싶은 물건을 고르고 그 가격에 맞게 내가 가진 동전으로 값을 지불하는 그런 상식적인 거래를 하고 싶다. 세상은 그래야 하지 않을까? 우리가 진짜와 가짜를 구분하지 않는다면, 나쁜 마음을 먹은 사람들이 우리 주머니에 있는 진짜 동전을 가짜 동전으로 몰래 바꿀지도 모른다. 우리가 빈털터리가 되기 전에, 주머니에 손을 넣고 동전을 꼼꼼히 더듬어야 한다. 손끝의 감각을 예민하게 곤추세워 진짜 동전과 가짜 동전을 구분하자. 그리고 가짜 동전을 발견하면 동전의 뒷면을 정성껏 양각하자. 정성이 우리가 가진 풍족한 재산이 될 수 있도록.

우리가 닿지 못하는 곳에

　　지난 연말, 나는 운동하러 가기 위해 혼자 길을 나섰다. 겨울 저녁이라 밤눈이 어두운 나는 긴장을 늦추지 않고 운전했다. 저 멀리 무언가 보였다. 가까이 갈수록 그것은 존재감을 드러냈다. 내가 늘 지나다니는 우리 동네 좁은 왕복 이 차선 도로 위에 길고 뻣뻣한 동물의 네 다리가 하늘을 향해 뻗어 있었다. 이곳에 산 지도 벌써 팔 년. 이제는 뻣뻣하게 굳어버린 다리는 죽은 사슴의 다리라는 걸 안다. 그리고 사슴이 어떻게 죽었는지도 짐작할 수 있다. 내 차는 점점 사슴 사체와 가까워지고 있었다. 순간 내 값싼 호기심이 굳이 하지 않아도 될 짓을 기어코 해버렸다. 상향등을 켜 그 사체를 다시 한번 확인했다. 강한 조명을 받은 사슴 눈은 밝은 빛을 뿜어내 죽음을 확실하게 내게 보여줬다. 눈을 채 감지 못한 사슴은 나를 순간 끌어당겼다가 다시 강하게 밀어냈다. 생명이 빠져나간 눈동자에서 나는 원망과 허망을 함께 봤다. 자신을 죽인 것도 모자라, 죽은 몸을 구경하고 있냐는 원망과 가족들에게 마지막 인사를 하지 못하고 떠난 것에 대한 허망이 담겨 있는 눈동자였다. 그 사슴의 가족들은 돌아오지 않는 제 식구를 기다리고 있겠지. 괴물 같은 차가 돌진해 죽였다는 사실을 알지 못한 채. 죽은 사슴을 지나치며 나는 앞으로 며칠간 매와 독수리가 사슴 사체에서 살과 내장을 뜯어먹고 헤집어 놓는 처참한 광경을 보게 될 거로 예상했다. 차가 저지른 동물의 처형식 이후 광경은, 해부학과 부패를 여과 없이 보여주는 것으로 다소 끔찍하다. 나는 그것을 지켜보는 것이 죄책감의 대가라고 생각한다. 죽은 사슴은 속이 텅 빈 채 납작한 가죽만 남겨질 때까지 방치될 거로 예상했지만, 다음 날 아침 죽은 사슴은 깨끗하게 수거됐다. 마치 애초에 이곳에 존재하지도 않았던 것처럼.

몇 년 전 일인지도 정확히 기억나지 않는 예전 일이었다. 나는 밤에 혼자 운전하며 집으로 갔다. 가로등도 없는 좁은 왕복 이 차선 도로 위엔 내 차뿐이었다. 늦은 밤에는 언제든 도로 위로 야생동물이 뛰어올 수 있기 때문에 익숙한 길이라고 해도 긴장을 늦춰선 안 된다. 그런데 갑자기 덩치 큰 야생동물을 본 것도 아닌데 나는 차 속도를 줄여야 했다. 도로 위에 내가 처음 보는 작은 동물이 느리게 기어가고 있었다. 통통하고 불룩한 몸이 땅에 거의 붙어 있었다. 꼬리가 조금 길었고, 꼬리에는 털이 없었다. 나는 천천히 다가갔다. 그 동물은 차에 치였는지 피를 흘리며 힘겹게 기어가고 있었다. 그 생명체의 느린 움직임이 얼마나 처절하고 애처로운지 나는 눈을 뗄 수 없었다. 떠나야 하는데 발길이 떨어지지 않았다. 그렇다고 차를 갓길로 세우고 그 동물을 구조하기에는 내가 너무 무지했다. 그래서 나는 무지하고 무능력한 목격자가 되었다. 그 동물이 이 시간 이후 예전처럼 먹이를 찾아다니고, 나비를 잡으려고 신나게 뛰어다닐 수는 없어 보였다. 사력을 다해 기어가는 동물이 가려는 곳이 어딘지 알 순 없었지만, 곧 죽음을 향하고 있다는 것은 자명해 보였다. 결국 나는 천천히 멀어져 갔다. 나는 그렇게 비겁하고 무책임한 구경꾼이 되어 도망갔다. 집으로 가면서 그 동물이 멀리 가지 못했을 거라고, 날이 밝으면 그 사체를 다시 마주하게 되리라 생각했다. 햇빛 아래에 놓인 그 사체를 보게 된다면 내 마음이 다시한번 무거워질 것 같았다. 그날 밤 죽을힘을 다해 기어가는 그 동물을 끝내 외면해 버린 죄책감 때문에. 하지만 나는 그 이후로 그 길을 수십, 수백 번을 다녀도 그 동물의 사체를 보지 못했다. 심지어 핏자국조차 보지 못했다.

내가 집으로 올 때 큰 도로를 달리다가 꼭 곁눈질로 보는 작은 개울가가 있다. 큰 도로의 아래를 가로지르며 흐르는 개울가다.

사람들의 발길이 닿을 수는 없고 사람이 가까이 갈 방법은 차로 그 도로 위를 지나가는 것뿐이다. 이름이 있겠지만, 알지 못해 "거기 있잖아. 몇 번 도로 옆에 있는 그 개울가"라는 긴 별명을 가진 그곳. 나는 그곳의 사계절을 아주 깊이 사랑한다. 사계절 모두 아름답지만, 특히 그곳에 내려앉은 겨울을 나는 으뜸으로 꼽는다. 개울가 옆으로 무질서하게 있는 나무와 돌, 그리고 주변 땅 위에 소복이 쌓인 숫눈은 차도, 사람도 닿을 수 없어 다른 곳보다 더 뽀얗게 오래 간직된다. 사람이 다니는 도로 위에 한시라도 빨리 운전할 수 있도록 염화칼슘을 뿌리지만, 그곳엔 뿌리지 않는다. 우리가 타고 다니는 차에서 흘러나오는 기름과 뿜어내는 먼지가 묻지 않는 눈이야말로 온전한 눈이다. 그곳에서 숫눈이 제 속도에 맞게 천천히 녹는 모습을 어찌 사랑하지 않을 수 있을까? 나는 인간의 이기심과 편의가 그곳까지 뻗어나가지 못하기를 희망한다. 이미 우리는 많은 곳을 침범한 침입자고, 많은 곳을 망가뜨린 파괴자이며, 많은 생명을 앗아간 살해범이자, 죽어가는 동물들을 보고도 못 본 척 지나가는 방관자이기 때문이다.

나는 상상해 본다. 내가 끝내 찾지 못한 동물의 사체가 내가 닿을 수 없는 곳에, 내가 볼 수 없는 아름다운 곳에서 평온하게 잠든 모습을. 나무가 하늘을 가려 묵념하고, 바람이 마지막 숨을 거두어 주는 모습을, 뻣뻣하게 굳어버린 죽은 몸뚱어리를 흙이 포근하게 떠받들어 주는 모습을, 생명이 빠져나간 육신을 온갖 육식동물과 곤충이 정신없이 뜯어 먹어 모두 배부른 하루를 보낸 모습을, 남은 몸이 노글노글하게 부드러워져 조용히 사라지는 모습을 머릿속에 그려본다. 그렇게 죽음을 맞이했길 바란다. 나는 우리가 뻗어 나가지 못한 곳에서 동물들이 그곳에 쌓인 숫눈처럼 충분히 제 삶을 살다 가기를, 그곳에서 삶과 죽음이 한바탕 뒤엉켜 제멋대로 지내길 희망한다.

기꺼이 손해 보고 싶은 마음

내 지갑은 이야기에 쉽게 열리는 편이다. 그래서 책을 빌리기보단 사는 걸 좋아하고, 책 한 권을 사더라도 조금 더 의미가 있는 곳에서 사는 걸 선호한다. 서점에서 산 책은 잘 익은 과일 같다. 서점에서 책을 고르고, 계산하고, 집으로 돌아와 책을 읽는 일련의 과정이 마치 잘 익은 과일을 사 먹는 것 같다. 사 온 과일을 한입 베어 물어 입안에 과즙과 과일 향이 퍼지면 먹는 내내 행복하다. 먹고 나면 오래도록 과일의 맛과 향을 기억하고 싶은 마음, 또다시 잘 익은 과일을 먹고 싶은 마음에 나는 책을 사러 서점으로 간다.

우리 동네에서 차로 20분을 운전해야 갈 수 있는 대형 서점이 있다. 도서정가제가 없는 미국은 같은 책이어도 판매처에 따라 가격이 다 다르게 책정된다. 책을 서점이 아닌 아마존이나 대형마트에서 구입하면 더 저렴하게 살 수 있다. 저렴할 뿐만 아니라 더 편리하기도 하다. 핸드폰으로 결제하거나 장 보러 간 김에 카트에 넣으면 되기 때문이다. 하지만 나는 굳이 매년 회원가입비를 지불하고 약간의 할인을 받아 서점에서 아이들 책을 산다. 그곳은 팬데믹 전, 종종 큰아이와 함께 가던 곳이다. 이 서점은 요즘엔 보기 힘든 자동문이 없는 서점이다. 정문을 열고 들어가다 두어 걸음을 걸으면 중문을 맞이하게 된다. 정문과 중문 사이 양쪽 벽에는 때마다 가장 유행하는 책이나 상품이 진열되어 있다. 다시 중문을 열고 들어가면 오른쪽은 계산대, 왼쪽은 스타벅스가 있다. 가운데로 쭉 들어가다 보면 서점 한가운데는 고객센터가 있고, 고객센터를 기준으로 왼쪽은 아동 전용 공간이 마련되어 있다. 그곳에는 작은 무대도 있어 가끔 서점 직원이나 아주 드문 일이긴 하지만 작가들이 직접 그림책을 읽어주기도 한다. 그림책, 챕터북, 만화책 등이 가득 꽂힌 책장을 지나면, 장난감 기차와 트랙이 구비되어 있어 아이들이 놀 수 있다. 이곳은 제사보다 젯밥에 관심 있는 특히 만2~5세 사이의 남자아이들이 속된 말로 눈 돌아가게 좋아하는 곳이다. 큰아이도 이곳에서 더 많은 기차를 더 오래 가지고 놀아보려고 또래 아이들 사이에서 양보와 눈치를 배웠다. 화장실은 서점의 아동 코너에서 나와 정반대 쪽 끝에 자리 잡고 있다. 이 화장실을 떠올리면 기저귀를 뗀 지 얼마 안 된 큰아이를 안고 서점에서 최대한 조용하고 다급하게 종종걸음으로 뛰다시피 걸어간 2018년의 어느 날이 떠오른다.

이 서점에 대한 다른 추억은 몇 년 전, 크리스마스를 얼마 앞둔 날 가족과 함께 서점을 갔을 때였다. 그날 본 두 사람은 간이 책상 앞에 앉아 책 포장을 부탁하는 손님이 오기를 기다렸다. 요즘은 책 선물도 뜸해진 데다 포장까지 맡기는 일은 더욱 드물어 그들의 기다림은 꽤 길어 보였다. 그들이 미소를 지으며 사람들의 발걸음을 기대하는 모습을 보니 괜히 조금 미안해졌다. 그들과 눈이 마주치면 더 미안하고 어색해질 것 같아 최대한 보지 않으려고 했지만 그래도 누구라도 선물 포장을 하러 갔을까 봐 힐끔힐끔 쳐다보는 걸 멈출 수 없었다. 결국 우리가 그들을 지나쳐 서점을 나올 때까지 아무도 선물 포장을 부탁하지 않았다. 집에 도착하고 나서야 그렇게 마음이 쓰였으면 책이라도 한 권 사서 포장을 부탁할 걸 후회했다.

나는 아이들과 함께 책을 사고 나면 항상 스타벅스에 가서 아이들과 내가 마실 음료 그리고 치즈케이크를 먹으며 서점 나들이를 마친다. 큰아이를 하이체어에 앉혀서 먹였을 때부터니 적어도 칠 년은 된 이야기다. 그때 아이와 치즈케이크를 나눠 먹고 나도 차 한잔을 하는 시간이 참 좋았다. 그러면서도 그곳에서 책을 읽거나 노트북으로 일하는 사람들이 그때는 그렇게 부러웠다. 큰아이는 유독 그곳에서 먹는 치즈케이크를 좋아했다. 지금도 서점 가자고 하면 좋아하는데 내가 보기에는 책보다 장난감과 치즈케이크에 더 관심이 있어 보인다. 아무렴 어떠한가. 이야기가 꼭 책에만 실려 있는 건 아니니. 그 녀석에게 장난감과 엄마와 나눠 먹는 치즈케이크가 이야기일 것이다. 우리는 그렇게 별것 아닌 걸 일상이라고 한다. 일상을 조곤조곤 풀어쓰면 이야기가 되고, 이야기가 시간을 타고 흐르면 추억이 된다.

아이들을 모두 학교에 보내고 큰아이가 크리스마스 선물로 받고 싶다는 만화책 세트를 사러 아주 오랜만에 서점에 갔다. 이틀 전, 대형마트에 있던 만화책 세트를 사달라고 큰아이가 졸랐을 때 나는 끝까지 모른 척했다. 그 책을 꼭 여기서 구매해서 산타 할아버지가 선물해 준 것처럼 꾸밀 생각이었다. 세월의 흔적이 담겨 있는 격자무늬 나무틀 유리문도 여전했다. 얼마나 많은 사람들이 이 문을 열고 이곳에 와서 이야기를 집으로 가져갔을까? 이 서점이 문을 열었을 때 아장아장 걸어오던 꼬마 손님들은 얼마나 컸을까? 여전히 서점을 찾는 사람들은 고집스레 자동문이 아닌 여닫이문으로 손님을 맞이하는 서점과 닮았다. 서로 문을 열어주고, 먼저 문을 연 사람이 다음 사람을 위해 문을 잡아주는 짧은 시간은 이 서점에서 책과 사람이 만나는 순간과 비슷해 보였다.

서점 안을 둘러보니 주로 나이 지긋하신 할머니, 할아버지들이 계셨다. 나보다 젊은 친구는 할머니 손을 잡고 온 서너 살쯤 되어 보이는 남자아이뿐이었다. 아무래도 평일 오전 시간이라 젊은 사람들은 학교나 회사에 있을 테니 당연한 일이다. 할머니, 할아버지들이 책을 골라 새로운 세상을 집으로 가져가시는 모습을 보니 내 얼굴에 미소가 절로 번졌다. 할머니, 할아버지도 잘 익은 과일 같은 이야기를 고르셨을까? 정신없이 바빴던 시절, 책으로 피신하고자 달려왔던 지난날이 그리워서 오셨나. 아니면 다 키운 자식들의 어린 시절이 그리워서 오셨으려나. 우리는 여러 가지 이유로 이곳에 모였다 흩어진다.

만화책 세트를 무겁게 들고 집으로 돌아와 혹시나 하는 마음에 아마존에 들어가 가격을 검색했다. 아마존에서는 크리스마스를 겨냥해 특별 할인가에 판매하고 있었다. 나는 또 한 번 큰 손해를 본 소비자가 됐다. 오늘 서점에 계셨던 할머니, 할아버지들을 떠올렸다. 내가 할머니가 됐을 때, 내 아이들의 아이들과 이 서점에 놀러 갈 수 있으면 좋겠다. "네 아빠가 여기서 장난감 기차 가지고 노는 걸 참 좋아했었지. 딱 너처럼." 어쩌면 기저귀를 막 뗀 손자를 들쳐 안고 그때처럼 급한 걸음으로 화장실을 갈지도 모르겠다. 수십 년이 지나서 데자뷔 같은 일을 두 번이나 해내면 나는 아마 웃음을 터트릴 거다. 웃는 나를 의아하게 쳐다보는 손자에게 "네 아빠가 너만 할 때 일인데 서점이니까 시끄럽게 하면 안 되잖아. 급한데 뛰지도 못하고, 그래서 조용히 안고 최대한 빨리 걸었거든. 그때는 다 급하기만 했는데 아직도 널 안고 뛸 수 있을 만큼 팔팔해서 기분이 좋아."라고 말하면 손자도 나랑 같이 웃을까? "이 할머니가 네 엄마보다 더 젊었을 때, 네 엄마랑 네 외삼촌이랑 셋이 치즈케이크 한 조각을 나눠 먹었던 날이 내가 보낸 가장 따뜻한 생일이었지." 아니면 "네 아빠가 여덟 살 때 대형마트에서 만화책 세트를 사달라고 졸랐거든. 근데 할머니가 끝까지 안 사주고 다음 날 몰래 여기서 책을 사 갔지. 2022년 크리스마스 아침에 네 아빠가 선물 포장을 뜯고 확인했을 때 표정은 말이지…." 나는 그 아이들에게 내가 기억하는 이곳의 이야기를 들려주고 싶다. 훨씬 더 싼 가격에 책을 살 수 있는 곳을 알면서도 굳이 이 서점에서 책을 사는 내가 바보 같다는 걸 부인할 수 없다. 하지만 내게도 항변할 기회를 달라. 나는 아이들과 함께한 추억이 있는 이곳이 먼 훗날에도 건재하길 바라는 마음으로 웃돈을 주고 이야기를 지키는 중이다.

활자보다 영상이 대세인 시대에 아직도 종이책을 선호하는 소수의 아군이 있어서 다행이다. 그 사람들 덕에 우리의 이야기가 담겨 있는 이 서점이 아직도 건재하다. '혹시라도 이 서점이 내가 할머니가 될 때까지 기다려 주지 않으면 어쩌지?'란 걱정이 들자 아까 했던 상상이 힘없이 푹 꺼져버려 한숨이 푹 나왔다. 어쩌면 나는 서점이 문 닫는다는 소식을 듣고 사춘기를 맞이한 아이들에게 사정할지도 모른다. 제발 이번이 마지막이니까 한 번만 엄마랑 같이 가달라고. 서점에 도착한 아이들은 짜증 섞인 눈빛으로 나를 노려볼지도, 고개를 푹 숙이고 스마트폰만 보다 그도 지겨워져 집에 언제 갈 거냐고 재촉할지도 모르겠다. 오지 말았으면 하는 날이 기어이 오더라도 나는 이 바보 같은 소비를 그만둘 생각이 없다. 그 소비는 내 방식의 사랑이기 때문이다. 내 사랑의 끝이 이별이더라도, 그 이별의 끝맛이 쓴맛뿐이라도, 내가 사랑했던 지난날은 잔잔하게 아름다웠다. 아직 내가 사랑할 수 있는 시간이 있기 때문에 나는 손 놓고 있을 수 없다. 내가 꾸준히 사랑을 쏟아붓는다면 서점을 떠나보내는 날, 내가 덜 아프게 놓아줄 수 있을 것 같다. 어쩌면 내 노력으로 우리의 이별을 조금이라도 늦출 수 있지 않을까? 그래서 나는 지금도 기꺼이 손해 보는 사랑을 하는 것이다.

제자리를 빼앗긴 것들의 흔적

친정집 뒷마당에 있는 호스 손잡이에 있던 고정핀이 빠졌다. 고정핀은 평상시에는 별 존재감을 드러내지 못한다. 그러나 호스로 물을 오래 틀어야 할 때면 고정핀의 진가가 발휘된다. 예를 들어, 큰 들통에 물을 채울 때 고정핀을 호스 손잡이 아랫부분에 걸어두면 호스 손잡이를 계속 잡지 않아도 된다. 그런데 친정 엄마의 말에 의하면 고정핀이 자꾸 덜커덩대더니 어느 날 그만 빠져버렸다고 한다. 한번 빠지기 시작한 호스의 고정핀은 다시 제자리를 찾지 못했다. 친정 엄마는 제자리를 잃은 고정핀이 계속 걸리적거려서 아예 빼버렸다고 했다. 고정핀이 없어도 호스에서 물이 나오는 데는 전혀 지장이 없었다. 친정 엄마는 혹시라도 고정핀이 필요할지 몰라서 마당 외벽 높은 곳에 걸어뒀다. 제 위치가 아닌 엉뚱한 곳에 매달린 고정핀은 높은 곳에서 자기 자리를 내려다보고 있는 꼴이 됐다. 고정핀이 빠진 호스는 물을 오래 틀어야 할 때마다 아쉽다. 고정핀 없이 어떻게든 편하게 물을 받아볼까 하다 결국 포기하게 된다. 고개를 들어 고정핀이 매달려 있는 곳을 목이 뻐근해지도록 올려다본다. 아무리 해도 될 리 없기에 고정핀을 꺼내 다시 끼워보려고 하지만 이제는 고정핀의 제 위치가 어디였는지조차 헷갈리기 시작했다.

자그마한 공간이 언제부터 그곳에 있었는지 모르겠다. 그곳은 예전 우리 동네 자동차 수리점 옆에 자리했다. 손으로 쓴 "수선"이라는 간판이 이 작은 공간의 이름과 역할을 알려줬다. 철제 상자처럼 생긴 공간은 미닫이문으로 영업시간을 알렸다. 문이 열려 있으면 영업시간이고, 문이 자물쇠로 잠겨 있으면 영업이 끝난 시간이다. 수선집은 성인이 들어가면 서 있기 힘들 정도로 낮게 만들어졌다. 입구는 더 작아서 들어갈 때는 반드시 몸을 숙여야 들어갈 수 있었다. 수선집 벽에는 새 구두 굽과 새 밑창이 잔뜩 걸려 있었다. 바닥에는 수선해야 하는 신발과 수선을 마친 신발이 편을 나누어 대기하고 있었다. 수선집 아저씨는 말투가 약간 어눌했다. 발음은 뭉툭했고, 목소리의 대부분은 목 안에서 머금은 듯 잠겨 있었다. 그렇다고 의사소통에 문제가 있는 건 전혀 아니었다. 하지만 사람들은 아저씨가 가진 특별함을 장애라고 했다. 덜떨어진 인간, 모자란 사람, 바보. 사람들은 잘 알지 못할수록 타인에 대해 압축해서 말한다. 마구잡이로 압축된 말이 찌그러진 줄도 모르고 숨 쉬듯 내뱉는다. 찌그러진 단어는 뾰족한 모서리를 달고 입 밖으로 던져져 듣는 이의 가슴에 박힌다. 아저씨가 사람들에게서 받은 상처 때문일까? 사람보다 구두와 더 많은 시간을 보낸 아저씨는 구두 전문가였다. 아저씨는 내가 대충 설명해도 구두를 이리저리 둘러보시고 내가 원하는 걸 정확히 파악하셔서 늘 꼼꼼히 수선해 주셨다. 아저씨의 손길이 닿은 신발을 신으면 내가 더 단단하게 땅에 설 수 있는 기분이 들었다. 왁스로 얼룩진 장갑으로 돈을 받으시고 다시 돈을 거슬러 주셨다. 내가 뒤돌아 나가면 내 등 뒤에 뭉툭한 "안녕히 가세요."라는 인사를 얹어주셨다. 그러면 나도 "안녕히 계세요."라는 인사를 미닫이문 안으로 넣고 떠났다.

구 년 전 나는 미국으로 떠났고, 사 년 전 친정집은 같은 도시지만, 다른 동네로 이사 갔다. 내가 떠났어도 그 수선집은 가로수처럼 여전히 그곳에 있을 거로 생각했다. 그런데 오랜만에 옛 동네를 가보니 자동차 수리점 자리에 파출소가 생기면서 수선집도 함께 사라졌다. 친정 엄마에게 물어보니 수선집은 없어진 지 꽤 됐다는 말을 듣고 나는 급히 넘긴 책장에 손이 베인 것처럼 마음이 아팠다. 아저씨의 특별함을 품어주지 못한 세상은 아저씨의 유일한 공간마저도 밀어내 버렸다. 수선집 자리는 새 땅인 듯 아무것도 없었다. 아저씨의 수선집이 없어졌어도 수선집에 대한 기억만큼은 잊고 싶지 않았다. 나는 상체를 굽혀 작업대에서 일하시던 아저씨 모습을 떠올렸다. 작업대에 구두를 대고 망치질하던 아저씨, 접착제로 벌어진 밑창과 구두를 붙이던 아저씨, 뱅뱅 돌아가는 기계로 신발의 윤곽을 다듬던 아저씨, 신발이 닳은 곳을 메워주던 아저씨, 신발의 잃었던 광을 내주던 아저씨는 어디로 갔을까? 여기가 아닌 다른 곳에서 다른 사람들의 신발을 책임지고 계시면 좋겠다는 허울뿐인 상상을 했다.

어느 날 갑자기 파출소가 곧 들어와야 하니 나가달라는 말을 들었을 때 아저씨의 표정은 지금 내 표정이랑 비슷했을까? 아마도 아저씨는 퇴거 통보에 "나가라면 나가야지."라며 무덤덤하게 받아들였을 것 같다. 무덤덤. 살면서 이런저런 일을 겪으며 감정을 덜어내고 덜어낸 후에야 남는 가장 덜 아픈 감정. 한 소년이 어른으로 자라는 동안 배제를 무덤덤하게 받아들이기까지 얼마나 많은 감정이 그를 스쳐 갔고, 그는 얼마나 많은 눈물을 흘려야 했을까?

아저씨가 마지막으로 수선했던 신발은 누구의 신발이었을까? 만약 내가 그 신발의 주인이었다면, 나는 수선비와 함께 작은 야생화 묶음을 아저씨에게 선물해 줬을 거다. 아저씨가 그다지 꽃을 좋아하시진 않을 것 같지만 아저씨는 그래도 받아주시겠지. 나는 아저씨께 그동안 고생 많이 하셨다고, 아저씨 덕분에 내 신발은 새로 태어났고, 나는 그 신발을 신고 내 삶을 잘 버텼다는 말을 아저씨께 하고 싶다. 길가에 핀 작은 들꽃도 모아보면 이렇게 근사한 꽃다발이 되는 것처럼, 아저씨가 수선집에서 일했던 날들을 모아보면 멋진 날들이길 바란다는 말과 함께. 아저씨가 꽃이 밥 먹여주는 것도 아니고 이걸 어디다 쓰냐고 볼멘소리로 물어본다면, 나는 우리가 사는데 꼭 밥만 필요한 건 아니라고 대답할 거다. 어떤 하루는 밥이 아닌 꽃으로 빛난다고. 꽃은 아저씨가 작업할 때 바르는 까만 왁스 같아서 우리 삶을 더 부드럽고 빛나게 해준다고. 우리는 서로를 살리기 위해 빛나게 해주는 것들을 주고받아야 한다고. 그래야 우리는 부러지지 않고 유연하게 살 수 있다고 말할 거다. 사실 어쩌면 아저씨는 내가 이런 말을 하지 않아도 그저 웃으며 내가 하고 싶은 이야기를 이미 다 알고 계실지도 모른다.

주변을 돌아보면 오래전부터 자리 잡았던 작은 것들이 자꾸만 사라진다. 부수적인 부품은 없어도 크게 불편하지 않을 것 같지만, 막상 그 쓰임이 필요할 때가 돼야 부품에 대한 본질을 깨닫는다. 물을 오래 틀어야 할 때 필요한 고정핀이 호스 손잡이에서 빠진 것처럼, 동네 사람들의 구두를 고쳐주던 아저씨의 수선집은 사라져 버렸다. 우리가 살고 있는 세상은 전에 비해 살기 편해진 건

확실하다. 편해진 세상에 적응해 사는 우리 마음도 편안할까? 단언할 수 없다. 이야기가 있던 가게들이 사라지는 바람에 마음이 머물 자리도 사라진다. 같은 장소를 가도 떠올릴 추억도, 반가움도 점점 사라진다. 나는 빠르게 변하는 세상을 살면서 가끔 무게중심을 잃고 넘어진다. 안 아픈 척 다시 일어나 툭툭 털어보지만 씁쓸함만큼은 끈질기게 내게서 떨어지지 않는다.

미수꾸리

이번 한국행도 이제 마무리할 때가 됐다. 이 년 만에 온 친정에서 두 달 동안 지냈다. 내가 하기 싫어하는 여러 가지 일 중의 하나가 짐 싸기다. 나는 천성이 게으르고 정리 정돈을 못한다. '짐 싸야지.' 하면서도 최대한 미루다 떠나기 직전에 부랴부랴 짐을 싼다. 그 꼴이 마치 개학 전날 몰아서 방학 숙제를 하는 모습 같다. 이번에도 '이젠 진짜 안 살 거야.'라고 다짐하고선, 두 달간 뭔가를 야금야금 많이도 샀다. 캐리어 가방에 꾸역꾸역 집어넣어도 남는 저 짐을 보니 한숨이 절로 나왔다.

어찌할 바를 모르고 멍하게 있는 나를 보고 친정 아빠가 대뜸 뭘 싸야 하기에 그러냐고 물어봤다. 나는 여기 있는 거 전부라고 했다. 친정 아빠는 아무런 말씀도 하지 않았다. 그 자리에서 바로 집에 있는 버블랩, 가위, 테이프와 택배 상자를 모아서 짐을 싸줬다. 짐 싸는 원칙은 하나다. 상자 안의 공간을 빈틈없이 채워 넣기. 이 상자는 우리와 함께 긴 여행을 떠날 것이다. 친정집에서 공항으로, 공항에서 비행기 안으로, 비행기 안에서 공항 수화물 찾는 곳까지 가는 동안 상자는 던져질 운명이었다. 여정이 험난하면 상자 안의 틈은 더 이상 여유 공간이 아닌 물건이 서로 부딪히는 자리다. 물건은 이리 치이고 저리 치여 결국 파손된다. 그걸 아는 친정 아빠는 숨이 콱콱 막힐 정도로 빈틈을 허락하지 않았다. 그 결과 박스 안의 물건은 큰 덩어리가 됐다.

짐 싸주느라 바쁜 친정 아빠와는 달리 나는 아무것도 할 줄 몰라 허수아비처럼 있었다. 부녀 사이에 흐르는 어색한 침묵 사이로 테이프가 제 몸을 희생했다. '찌-익 지지지찌-직' 테이프는 쭉쭉 늘어나는 게 아프다고 비명을 질렀다. 친정 아빠는 테이프로 박스의 입구, 모서리, 모든 변을 붙였다. 박스가 어디라도 찍혀 찌그러지거나 찢어지지 않게 미리 대비했다. 친정 아빠는 테이프도 그냥 붙이지 않았다. 테이프를 박스에 붙인 후 수건으로 테이프를 연신 문질렀다. 박스와 테이프 사이의 공기를 빼는 과정이었다. 테이프를 완전히 박스에 밀착시키는 이 섬세한 작업은 공항 수화물 찾는 곳에서 그 빛을 발휘했다.

아마도 친정 아빠는 혼자서 아이들 둘을 데리고 14시간 비행기를 타고 가는 나를 걱정했으리라. 긴 여정을 함께해 딸 대신 짐을 들어주고 싶은 마음은 굴뚝같지만 현실이 발목을 붙잡아 그럴 수 없었다. 친정 아빠는 딸이 짐이라도 편히 들 수 있게 꼼꼼히 포장을 마친 박스를 노끈으로 묶었다. 그런데 그 방법이 참 독특했다. 친정 아빠는 노끈을 길게 푼 후 노끈을 네 번을 접어 더 굵게 만들었다. 친정 아빠는 노끈으로 상자 윗부분의 3분의 1 지점인 부분을 먼저 둘렀다. 그다음 3분의 2 지점도 같은 방식으로 둘렀다. 그리고 상자 허리 부분도 같은 방식으로 노끈을 이용해 둘렀다. 그 과정에서 내가 노끈을 잡아주려고 해도 친정 아빠는 한사코 괜찮다고 했다. 대신 긴 노끈을 당신 엄지발가락에 능숙하게 돌려 끈을 걸어 고정했다. 친정 아빠는 노끈끼리 만나는 교차점에 작은 공간을 만들어 노끈을 넣고 빼기를 반복해 꼬임을 만들었다. 그 꼬임은 그대로 노끈의 지지대가 됐다. 그 매듭도 행여나 어딘가 걸리지 않게 친정 아빠는 테이프를 여러 번 붙였다. 그리고 다시 수건으로 테이프를 연신 문질렀다. 마지막으로 줄넘기 손잡이를 이용해 노끈 사이에 끼워 손잡이까지 만들었다.

보면서도 모르겠고 따라 하려면 엄두조차 나지 않는 포장을 친정 아빠는 미수꾸리라고 했다. 처음 듣는 단어였다. 친정 아빠는 어리둥절한 내 표정을 보고 미수꾸리는 일본어로 포장이라는 뜻이라고 했다. 친정 아빠는 내가 한 번도 듣지 못했던 자신의 유년 시절 이야기를 해줬다. 친정 아빠의 외할머니 즉, 나에겐 증조 외할머니께서 그 옛날 시장에서 그릇 장사를 하셨다고 한다. 증조 외할머니는 그릇을 시장으로 가지고 가실 때도, 그릇을 산 손님을 위해서도 포장을 꼼꼼히 하셔야 했다. 친정 아빠는 지금 큰아이 나이 때부터 외할머니를 따라 그릇 장사를 도왔다. 당신의 외할머니가 알려주신 대로 친정 아빠는 그릇 포장하는 법을 눈으로 외우고, 손으로 익혔다. 친정 아빠의 외할머니는 어린 손자에게 매듭 묶는 법을 알려주시며 이것이 미수꾸리라고 하셨다고 한다.

나는 친정 아빠의 여섯 살을 상상해 본다. 그 많은 물건 중 하필 그릇이라니. 참 가혹한 물건이다. 어린 애들이 그냥 들고 가기만 해도 깨지기 쉬운 그릇을 팔려고 포장하려니 꼼꼼하고 단단히 싸는 수밖에. 빈 곳 없이 쌓고, 무게중심을 잘 잡고, 잡기 편한 손잡이까지 만들어야 손님한테 돈을 받을 수 있었다. 누군가를 만족시키기까지 어린 시절의 친정 아빠는 얼마나 많은 그릇을 깼을까. 혼나고 다시 싸기를 반복한 어린 친정 아빠의 모습이 눈에 그려지니 코끝이 매워진다. 얼마나 포장을 많이 했으면 수십 년이 지나도 몸이 기억할까. 소년의 고사리손은 먼 훗날 타국으로 떠날 자기 딸이 들고 갈 짐을 싸주려고 미수꾸리를 써먹을 줄 미리 알았으려나.

사실 우리 친정 가족은 서로에게 다정한 말을 건네는 가족은 아니다. 우리는 마음속에 담아둔 뜨거운 말을 나누는 게 어색하고 민망해서 큰 의미 없는 일상 이야기나 아이들이 자라는 이야기만 하다 싱겁게 대화가 끝나버린다. 바닥에 앉아 상자를 만들어 주는 친정 아빠를 보니 마음이 한번 출렁인다. 그 출렁임이 커서 자칫하면 눈물이 나올 뻔했다. 울지 않기 위해 마음을 단단히 붙잡았다. 말보다는 글이 편한 딸과 말보다는 행동으로 사랑을 보여주는 친정 아빠 사이에는 항상 어색한 침묵이 존재했다. 친정 아빠는 짐을 꾸려주며 내게 쑥스러워서 하지 못했던 말을 전하는 듯했다. 미국 가서 아이들 잘 키우고 잘 살라는 말, 부디 아프지 말라는 말, 여기 걱정은 하지 말라는 말, 그리고 한 번도 해본 적 없는 사랑한다는 말을 테이프로 상자를 문지르면서, 노끈의 매듭을 단단히 묶으면서 담았다는 걸 알고 있다. 서로 알고 있으면서도 누구 하나 먼저 말을 꺼내지 못했다. 결국 아무도 듣지 못했다. 친정 아빠도 나랑 비슷한 마음이겠지. 딸과 손자 손녀를 떠나보내는 서운한 마음을 들키지 않으려고 더 단단하게 매듭을 꼬는 것 같아서 또 한 번 마음이 크게 출렁였다.

친정 아빠가 미수꾸리를 다 마쳤다. 이렇게 꼼꼼하게 포장된 상자를 집에 도착하면 칼로 뜯어서 열어야 한다니 아까울 지경이었다. 공항에 도착해 수화물을 찾으면서 나는 단번에 친정 아빠의 미수꾸리를 찾을 수 있었다. 걱정한 것과 달리 내 상자는 짐 찾는 곳에서 흠집 하나 없는 온전한 자태를 뽐냈다. 친정 아빠의 친절한 손잡이로 상자를 들어 카트에 실었다. 인천 공항에서 붙인 스티커를 제외하면 상자는 놀라울 정도로 미수꾸리를 갓 마친 그 모습 그대로였다. 애써서 포장해 주던 친정 아빠 모습이 다시 떠올랐다. 그토록 원하던 물건이 가득 담긴 상자를 집에 가져왔는데도 바로 풀지 못했다. 며칠 동안 상자를 한참 바라보기만 했다. 우리 집으로 오는 험난한 여정을 마치고도 흐트러짐 하나 없던 친정 아빠의 미수꾸리는 완벽한 짐 싸기를 넘어선 진한 사랑이었음을 고스란히 전달받았기 때문이다.

따뜻함의 영역

그분들과 만남은 순전히 내 실수에서 비롯됐다. 핸드폰을 화장실 바닥에 떨어트렸다. 튼튼한 케이스를 씌웠기 때문에 깨진 곳은 없을 거로 생각했다. 하지만 예상과 달리 핸드폰 액정은 꽤 많이 깨졌다. 그냥 버티고 쓸 수 있는 수준을 넘어 수리가 필요했다. 급하게 검색해서 간 가게는 한적하고 오래된 아파트 단지 안 상가건물 1층에 있었다. 사장님이 오늘은 내 핸드폰 사양에 맞는 액정이 없으니 내일 다시 오라고 하셨다. 다음 날 다시 가게로 가 핸드폰을 사장님께 맡기고 구석에서 책을 읽었다.

"어? 핸드폰 언어가 영어로 돼 있네요?"

"아…. 제가 미국에 살고 있어서요. 미국 핸드폰이에요."

내가 사는 곳에서는 내 외모와 이름만으로도 이방인이라는 것이 금세 드러난다. 그런데 내가 고국에서 지낼 때는 잘 스며 있다가도 내가 미국에서 산다는 사실이 의외의 부분에서 들통나곤 한다. 사장님이 언어를 한국어로 바꿔달라고 하시며 핸드폰을 건네주셨다. 언어 설정을 바꾸려고 했지만 기기에 서툰 나는 허둥댔다. 그 모습을 보시던 사장님께서 알아서 하신다고 핸드폰을 다시 가져가셨다. 사장님은 작업대에서 작업을 하셨고, 옆에 계신 사모님도 사모님 업무를 하시고, 나는 나대로 책을 읽으며 같은 공간에서 우리는 아무 소리 없이 각자 시간을 채우고 있었다.

작업이 거의 마칠 때쯤 나는 조용히 책을 집어넣고 가게를 떠날 준비를 했다. 하지만 예상과 달리 우리 셋의 대화는 그때 시작됐다.

사장님이 고친 핸드폰을 건네주셨다. 내가 깨끗해진 액정이 신기해 핸드폰을 만지고 있는데 사모님이 내게 물어보셨다. "미국 어디에 사세요?"

가끔 미국에 산다는 걸 말하면 나는 비슷한 질문을 받는다. 예를 들면 언제부터 살게 됐고, 어디에 살고 있는지, 어쩌다 거기까지 가서 살게 됐는지 등등…. 단 몇 개의 질문 만에 내 몇 년간 삶의 윤곽이 드러난다.

"워싱턴 D.C. 근처에 살고 있어요. 뉴스에서 미국 특파원들이 많이 보도하는 곳이요."

그때 갑자기 사모님께서 이제껏 내가 듣지 못한 말씀을 하셨다.

"그럼, 이제 뉴스 보면 손님이 생각나겠어요."

누군가가 뉴스를 보다 나를 생각해 준다니. 나는 깜짝 놀랐다.

뒤이어 무뚝뚝해 보였던 사장님께서 주저하다 물어보셨다.

"거…. 요즘 거기는 동양인 혐오가 장난 아니라던데 사는 데는 괜찮아요?"

아…. 이 얼마나 마음 따뜻한 질문인가. 그것도 단절과 혐오가 팽배한 팬데믹 시대에. 마스크로 가려져 눈만 보였던 사장님 부부는 생전 처음 보는 나를 진심으로 걱정해 주셨다. 가족, 친구들이 아닌 이가 날 걱정해 주다니. 예상치 못한 따뜻함이 내 마음에 들어와서 당황했다. 나는 바로 당황스러운 마음을 내치지 않고 꿀꺽 삼켰다. 그러자 마음이 기분 좋게 노곤해졌다. 우리는 손을 잡지 않았는데도 서로 손을 잡은 듯한 온기가 퍼졌다. 그렇게 따뜻함의 영역은 조금씩 넓혀지나 보다.

"남편 따라 혼자 미국 간 거예요?"
"네."

"아이고 딸 혼자 멀리 떠나보낸 그 부모님 심정은…."

사모님은 이제 나를 넘어 우리 부모님까지 걱정해 주셨다. 내가 결혼식에서 할 일은 예쁘게 웃는 것보다 울지 않는 것이었다. 무슨 일이 있어도 절대로 눈물 한 방울 흘리지 않겠다고 굳게 다짐했다. 내가 울면 같이 울 사람들을 알기 때문이었다. 그들을 울리고 싶지 않았다. 친정 엄마는 결혼식장에서 울지 않았다. 난이도가 가장 높은 양가 부모님께 인사할 때도 우리는 서로 눈을 마주쳤지만 울지 않았다. 오히려 미소 짓고 있는 친정 엄마 표정을 보며 '엄마도 내심 내가 결혼해서 행복하구나.'라고 생각했었다. 얼마 후, 결혼식 사진을 자세히 보면서 그때 내 생각이 착각이었음을 깨달았다. 사진 속 친정 엄마는 슬프고 아쉬운 마음을 숨기고 애써 기쁜 표정을 덧씌우느라 어색한 표정을 하고 있었다. 결혼식에선 친정 엄마의 눈물만 확인하느라 친정 엄마 표정을 읽지 못했다. 딸을 먼 곳으로 떠나보내는 친정 엄마의 슬픈 눈동자와 달리 웃으려고 애쓴 입가를 보질 못했다. 친정 엄마 역시 당신이 눈물을 보이면 딸이 울걸 알았기에 꾹 참았겠지. 안간힘을 다해 울지 않으려 했던 친정 엄마의 표정을 다시 보고 나서야 결혼식 때 참았던 눈물이 터졌던 기억이 떠올랐다.

'그때 부모님의 마음을 알지 못했으니 나는 멀리 떠나버리는 결혼을 선택했겠지.' 예전 일을 생각하느라 잠시 침묵이 흘렀다. 사장님과 사모님은 내 침묵을 존중해 주셨다. 어색해진 나는 힘들었던 지난날들이 들통날까 봐 괜히 밝게 웃었다. 나는 웃는 표정도 아니고 슬픈 표정도 아닌 어색하게 구겨진 얼굴로 서 있었다. 내 구겨진 표정을 보시고 아마도 두 분은 내 마음과 우리 부모님 마음을 모두 짐작하시는 듯했다.

"아휴. 사는 게 뭔지…. 그렇죠?"
"네…."
"아무튼 곧 돌아가는데 건강히 지내다 돌아가요."
"네…. 건강하세요."

꾸벅 인사를 하고 돌아섰다. 몇십 분 전만 해도 전혀 몰랐던 그분들이 당신의 따스한 마음 한 조각을 떼어 내게 쥐어줬다. 먼 타국에서 험한 일 당하지 않기를, 힘든 선택을 했지만 꿋꿋하게 살기를 바라는 마음을 담아주셨다. 행여나 먼 길 떠나는 내가 그 마음을 놓치고 갈까 봐, 사장님 부부는 고운 비단을 펼쳐 마음을 담은 말을 조심히 담아 곱게 보따리로 포장해 매듭을 꽉 묶어주셨다. 나는 서둘러 가게를 나와 걷다 뒤돌아서 멀어진 가게를 봤다. 저녁 식사 후 뉴스 속 특파원을 보면서 나를 떠올려 줄 이 두 분이 앞으로 건강하시고 무탈하시기를, 이 가게가 아파트 단지 속 풍경에 앞으로도 오래 남아 있기를 바랐다. 그 자리에 있다는 것만으로도 누군가의 마음이 따뜻해질 수 있기 때문에. 우리는 각자 자리에서 잘 지내는 것만으로도 서로에게 힘이 되어준다는 것. 그리고 그 자체가 응원이라는 걸 아는 대화를 나눴으니까.

비밀쪽지

우리가 지금 사는 집으로 이사 오기까지 쉽진 않았다. 이사를 결심했을 때는 코로나바이러스로 인해 모두가 의심하고 경계하던 때였다. 왕복 2시간씩 통근했던 남편이 재택근무를 하게 되고, 학교를 다녔던 아이가 더 이상 학교에 갈 수 없게 됐다. 집 밖의 모든 곳이 위험해졌다. 전염병을 피해 외출을 최소화했다. 가장 안전한 곳에서 사랑하는 사람들과 사는데 희한하게 집이 지긋지긋한 일터처럼 느껴지다 못해 갑갑한 감옥 같았다. 집 안은 온통 장난감으로 어질러졌고 가정 보육으로 인해 집안일은 밀렸다. 날짜의 경계가 사라진 날들이 나를 신경질적이고 무기력하게 만들었다. 돌파구가 필요했다. 엉뚱해 보이지만 그땐 기발하다고 내린 결론은 이사였다.

봄이 올 무렵, 이사를 하려고 알아보니 팬데믹으로 인해 부동산 시장은 이전과 달리 얼어붙었다. 미국은 가을에 학기가 시작된다. 그래서 사람들은 여름방학이 끝나기 전에 이사하는 걸 선호한다. 보통 부동산 시장은 봄부터 슬슬 매물이 나오기 시작해 여름에 가장 활기를 띤다. 그런데 정부에서 봉쇄령을 내린 직후라 매물로 나온 집을 찾기 힘들었다. 어쩌다 집이 나왔다고 해도 좋아할 수 없었다. 미국에서는 대부분 도로를 따라 집을 짓는다. 그래서 직선 도로를 제외하면 같은 길 위라도 집의 방향이 미세하게 다르다. 대부분의 사람들은 집을 구할 때 집의 크기와 구조를 가장 중요하게 생각하는 반면, 채광이나 집의 방향은 그다지 중요하게 생각하지 않는다. 심지어 집이 어느 방향을 향해 지어진 줄 모르는 사람들도 꽤 많다. 그런데 나는 남향집만 찾았기 때문에 우리 가족에게는 선택의 폭이 훨씬 좁았다. 그나마 남향집이 나왔다고 가보면 꼭 치명적인 단점이 하나씩 있어서 허무하게 발걸음을 돌려야 했다.

미국 주택 매매는 입찰로 진행된다. 일반적인 과정은 이렇다. 집주인은 일정 시간 집을 공개하고 집을 보러 온 사람들은 그 시간 안에 꼼꼼히 집을 둘러본다. 집을 사고 싶은 사람은 집주인이 제시한 가격과 주변 시세를 참고해 입찰가와 계약 성사를 위한 다른 여러 조건을 취합해 집주인 혹은 부동산 중개인에게 제출한다. 집주인은 가장 마음에 든 입찰가와 조건을 보고 낙찰한다. 몇 개월 만에 우리는 방향, 크기, 구조 모두 마음에 드는 집을 발견했다. 간절한 마음으로 입찰에 참여했지만 안타깝게도 떨어졌다. 지금이야 웃으며 말할 수 있지만, 그 당시에는 이러다 이사 못 할까 봐 두려웠다. 급기야 나는 그때의 극심한 스트레스로 500원 동전보다 큰 원형탈모가 생겼다. 그 이후로 나는 원형탈모를 겪은 이들의 사연을 들으면 그들이 짊어진 고민의 무게를 짐작할 수 있다.

하루에도 몇 번씩 마음이 오락가락했다. 살던 집에서 살아도 별문제 없으니 이사하지 말까? 그런데 한번 마음이 떠난 집에 다시 정 붙이기란 쉽지 않았다. 그래서 이사는 꼭 해야겠다고 결론 내렸다. 매물로 나오는 집도 적은 마당에 남향집을 포기할까? 그런데 지금까지 버틴 게 아까웠다. 마음에 안 드는 집으로 이사하면 그건 더 큰 문제였다. 이 고생을 또 해서 이사할 생각을 하니 정신이 번쩍 들었다. 게다가 남편과 부동산 중개업자도 내게 꼭 마음에 드는 집이 나올 테니 너무 걱정하지 말라고 했다. 그 말에 용기를 얻어 나는 꼭 마음에 드는 남향집을 구하기로 다짐했다. 그 와중에 또 다른 매물이 나왔다기에 절박한 마음으로 집을 보러 갔다. 제발 마음에 드는 집이길 바랐다. 이 집을 끝으로 마음고생에 마침표를 찍고 싶었다.

보러 간 집은 큰 도로를 옆에 끼고 운동경기장 트랙을 연상시키는 타원형 길 위에 있었다. 타원형 길에는 우리가 볼 집을 포함해 아홉 채가 모여 있었다. 지칠 대로 지쳐서 그랬는지 나는 그 집에 발을 들인 순간부터 좋았다. 우리가 집을 보러 갔을 때는 한창 더운 여름이었다. 그럴 리 없다는 걸 알지만, 뒷마당에 있는 만개한 세 그루의 하얀 수국이 나를 반겨준 것 같았다. 일생일대의 큰 거래를 눈앞에 두고 이미 내 눈엔 콩깍지가 씌어 모든 게 다 좋아 보였다. 심지어 사진 액자 속 가족의 미소까지 완벽해 보였다. 우리 가족도 이 집에 살면 이렇게 웃을 수 있겠지. 이 집에서 아이들을 키우고, 나와 남편도 무탈하게 함께 나이 들면 더없이 좋겠다고 생각했다. 우리는 그날 저녁 치열하게 고민해 입찰가와 계약 조건을 집주인 측 부동산 중개업자에게 제시했다. 우리가 제시한 것에 더해 우리의 간절함까지 집주인이 알아봐 주길 바랐다. 다음 날 아침, 부동산 중개업자로부터 우리가 낙찰됐다는 연락을 받았다. 이로써 우리는 힘들고 지루했던 여정에 마침표를 찍었다. 나중에 알고 보니 지난봄 우리가 이사를 마음먹고 처음 보러 간 집이 이 타원형 동네 가장 안쪽에 위치한 집이었다. 이미 몇 개월 전 우리는 이 집을 스쳐 지났다. 그저 흔한 우연에 불과하겠지만, 나는 이 집에 살게 된 게 운명처럼 느껴졌다.

그 집이 공식적으로 우리 집이 된 순간은 계약서에 서명하고 집 열쇠를 받을 때였다. 하지만 내가 현실적으로 우리 집이라고 느꼈던 때는 이삿짐을 풀 때였다. 전 주인이 살던 모습이 지워진 공간에 우리 가구와 물건을 채워 넣자 사기 위한 집이 아닌 살기 위한 집으로 변했다. 짐 정리를 하고 생활해 보니 집을 보러 왔을 땐 보지 못했던 불편한 점과 수리해야 하는 곳이 눈에 띄기 시작했다. 집을 보러 왔을 때 파릇파릇했던 뒷마당 단풍나무는 어느새 붉게 타올라 집 뒷마당의 멋진 풍경이 되었다. 찬 바람이 불자 바라만 봐도 좋았던 붉은 단풍나무에서 우수수 단풍잎이 떨어졌다. 뒷마당에 떨어진 단풍잎은 우리가 열심히 긁어모아 처분해야 할 쓰레기로 전락했다. 함박눈이 펑펑 내려 뽀얀 눈 이불을 덮은 바깥 풍경이 예쁘다고 생각하다가도 집 근처에 쌓인 눈을 치울 생각에 한숨이 절로 나왔다. 꿈같은 집에 살면서 꿈을 유지하려면 생각보다 많은 노력을 집에 지속적으로 쏟아야 했다.

두 계절을 보내고 봄이 왔다. 우체통 아래에 알 수 없는 풀이 나오기 시작했다. 이건 또 뭐지? 알 수 없었던 풀은 봄비를 한껏 빨아들이고 나서야 노란 수선화 봉우리를 터뜨렸다. 하얀 수선화도 예쁘게 피자 예전부터 심고 싶었던 튤립을 부랴부랴 심기 시작했다. 말랑해진 땅을 파고 조심히 튤립 모종을 자리 잡아 흙을 토닥이며 덮었다. 수선화를 발견하기 전부터 앞마당엔 돌돌 말려 있는 잎사귀가 아기 아랫니처럼 살짝 나왔다. 잡초라기엔 탱탱한 잎사귀

였고, 잎사귀가 누가 심어놓은 듯 옹기종기 모여 있었다. 그 정체가 궁금했는데 자세히 들여다보니 겹겹이 싸인 잎사귀 안에 작은 튤립이 몸을 웅크리고 있었다. 그때의 기쁨은 이 집을 얻고 나서 오랜만에 다시 느낀 감정이었다. 일어서서 찬찬히 앞마당을 둘러보니 마당에는 돌돌 말려 있는 튤립 이파리가 군데군데 보였다. 아이들에게 튤립 잎사귀를 설명해 주고 비슷한 잎사귀를 함께 찾기 시작했다. 마치 초등학생 때 간 소풍에서 보물찾기하는 기분이었다. 전 주인도 나처럼 튤립을 좋아했나 보다. 그 사람도 나처럼 쪼그려 앉아 조심히 튤립 구근을 심었구나. 본 적 없는 전 주인의 모습이 그려졌다. 그 사람도 봄마다 튤립 이파리를 보고 나처럼 설렜을까? 튤립 줄기 따라 말려 있는 이파리의 모습이 마치 학창 시절, 친구가 수업 시간에 돌돌 말아 보내준 비밀쪽지 같았다.

집 열쇠를 받았던 날, 이 집을 다 비우고 떠난 전 주인은 많은 짐을 정리하느라 제대로 청소하지 못했다며 우리에게 청소비 일부를 입금했다. 뒤이어 전 주인은 우리에게 이런 문자메시지를 보냈다. "우리는 이 집에서 행복한 추억을 많이 쌓았습니다. 당신들도 우리처럼 이 집에서 행복하게 지내길 바랍니다." 나는 감동적인 메시지를 통해 전 주인이 가졌던 이 집에 대한 애정을 짐작할 수 있었다. 내가 좋아하는 꽃과 전 주인이 심었던 꽃이 같다는 걸 발견한 후, 그 문자메시지는 내게 더 많은 걸 알려줬다. 내 것이 되자 불편한 부분이 더 먼저 보였던 이 집은 그 가족에게 많은 것이 담긴 공간이었다. 무더운 여름과 낙엽이 지는 가을을 지나 눈이 펑펑 쏟아지던 겨울에도 땅속에서 몸을 꽁꽁 숨겼던 튤립은 전 주인이 내게 준 편지 같았다.

완벽하게만 보였던 집도 들어와 살아보니 고칠 곳이 여럿 있었던 것처럼 완벽한 미소를 지었던 그들도 매일 행복하지만은 않았을 터. 서로 싸우기도 하고, 좌절도 했겠지만 화해하고 다시 일어나며 '이 정도면 살 만하지.' 하며 살지 않았을까? 아마 우리도 그렇게 살 것 같다. 봄이면 꽃이 피길 기다리고, 여름이면 무더위에 지치고, 가을이 오면 단풍을 만끽하다 투덜대며 낙엽을 주워 담고, 겨울엔 눈과 놀다 눈을 치우며 일 년을 꽉 채울 것이다. 우리는 이 집에서 불행도 행복도 잘 소화해 계절을 맞이하고 보내듯 나이 들어가겠지. 우리보다 먼저 이 집에 살았던 사람들처럼.

호수 위로 떨어진 작은 나뭇잎

우리는 햇살이 따사롭게 내리쬐던 이 년 전 가을날에 지금 사는 집으로 이사했다. 이삿짐이 들락날락하느라 분주한 집 안을 피해 나는 아이들과 앞마당에서 놀았다. 거기서 우리는 그녀를 처음 만났다. 우리를 보고 밝게 웃으며 인사를 먼저 건넨 그녀는 우리에게 새로운 집주인이냐고 물었다. 그렇다고 하자, 그녀는 우리에게 자신의 이웃이 된 걸 환영한다고 했다. 뒤이어 자신의 이름은 앨리샤라고 했다. 나 역시 내 이름과 아이들을 그녀에게 소개하며 반갑다는 인사를 했다. 앨리샤 씨는 이 동네가 조용한 동네이며, 자기는 집 밖에서 시간 보내기를 좋아하기 때문에 아마 오가며 자주 보게 될 것이라고 했다. 그게 우리가 나눈 첫 대화였다.

드디어 반년이 지나 봄이 왔다. 날이 따뜻해지자, 앨리샤 씨는 자신의 앞마당을 관리하느라 그녀의 말대로 바깥에서 많은 시간을 보냈다. 그런 앨리샤 씨의 모습은 내게도 좋은 자극이 됐다. 전주인이 심고 간 예쁜 튤립 덕에 마당이 화사해졌지만 나도 튤립을 심어 진짜 우리 앞마당을 꾸미고 싶었다. 튤립 모종을 사 와서 심기만 하면 되는데 아무리 찾아도 소형 삽이 안 보였다. 풀지 않은 이삿짐을 뒤져봤지만, 거기에도 없었다. 결국 소형 삽 찾기를 포기하고 대형 철물점에 가서 소형 삽을 다시 사기로 했다. 그러나 그곳엔 내 마음에 드는 소형 삽이 없었다. 심지어 사람들이 봄을 맞아 죄다 사 갔는지 마음에 들지 않은 소형 삽마저 달랑 하나밖에 없었다. 이것도 못 사면 맨손으로 땅을 파야 할 것 같아서 울며 겨자 먹기로 구입했다. 구입한 소형 삽은 날 끝이 둥글었다. 삽날은 중심선을 따라 안쪽을 향해 완만하게 기울어졌다. 딱 봐도 허접해 보였다. '그래도 도구가 맨손보다 낫겠지.' 하며 소형 삽으로 흙을 팠는데 힘이 삽날로 모이지 않았다. 퍼 올린 흙의 양은 적고 그 흙마저도 여기저기 다 흩뿌려졌다. 포크로 파김치를 찍어 먹을 때처럼 답답했다. 파김치를 스파게티처럼 포크로 돌돌 말아 먹으면 되지만, 이 소형 삽이 호미보다 땅을 더 잘 파는 그런 요령은 없었다. 나는 땅을 파는 내내 한국에 가면 반드시 호미를 사야겠다고 다짐했다.

한국에서 호미를 보자 부지런히 마당을 가꾸던 앨리샤 씨가 떠올랐다. 게다가 앨리샤 씨네 뒷마당엔 꽤 큰 텃밭이 있었기에 호미는 그녀에게 좋은 선물이 될 것 같았다. 그래서 내 것, 앨리샤 씨 것, 그리고 만약을 대비해 비상용까지 호미 세 자루를 샀다. 나는 정원을 정성껏 가꾸는 앨리샤 씨에게 얼른 호미를 선물해 주고 싶었다. 이걸 주면 앨리샤 씨가 얼마나 좋아할까.

지난여름 두 달간 친정 나들이를 하고 다시 우리 집으로 돌아왔다. 나는 반려견 페니와 산책을 마치고 돌아온 앨리샤 씨와 오랜만에 이야기를 나눴다. 이날 나는 작은아이와 함께 처음으로 페니도 쓰다듬을 수 있었다. 페니 앞에서 옹기종기 모여 이야기하다 앨리샤 씨가 "한국은 어땠니?"라는 질문에 번뜩 호미가 생각났다. 앨리샤 씨에게 잠시만 기다려 달라고 하고 호미를 찾아왔다. 나는 다짜고짜 앨리샤 씨에게 이 물건의 이름은 호미라고 알려주고, 땅을 파서 씨앗 심을 때 좋다고 설명했다. 몇 달 전, 튤립을 심으면서 소형 삽을 쓰는 내내 답답해서 한국에서 직접 호미를 사 왔다고 말했다. 앨리샤 씨는 호미를 흥미롭게 쳐다볼 뿐, 호미가 자신의 선물이라는 걸 눈치채지 못했다. 내가 호미를 건네자 갑자기 눈이 휘둥그레지면서 이걸 자기한테 주는 거냐고 물었다. 나는 한국에서 앨리샤 씨가 생각나서 내 것을 산 김에 하나 더 샀다고 했다. 앨리샤 씨는 큰 눈에 눈물이 촉촉이 젖어 내게 고맙다고 했다. 내가 한국에서 바빴을 텐데 그 와중에 자신을 생각해 줘서 감동했다고 했다.

앨리샤 씨가 말하길 올해는 뒷마당 텃밭 상태가 좋지 않아 텃밭의 4분의 1도 쓰지 못했다고 했다. 그나마도 텃밭에 골을 내야 하는데 적당한 도구가 없어 손가락으로 그 작업을 하느라 너무 힘들었다고 했다. 앨리샤 씨가 얼마나 텃밭을 아끼는지 알고 있기에 지난봄 그녀의 속상한 마음을 짐작할 수 있었다. 내년에는 텃밭 상태가 좋아져서 앨리샤 씨가 텃밭 전체에 호미로 편하게 골을 내고 원하는 야채 씨를 심을 수 있기를 바랐다.

나는 이곳에 살면서 나와 마음이 통하는 사람을 만날 수 없을 거로 생각했다. 여기서 나고 자란 사람은 이미 닿을 수 있는 곳에 가족과 친구들이 있었다. 그들 사이에 내가 비집고 들어갈 틈은 매우 협소해 보였다. 내가 미국에 오자마자 이런 생각을 한 건 아니었다. 큰아이를 낳고 홀로 육아를 하면서 나는 내가 둥지에서 아주 멀리 떠나왔음을 절절히 느꼈다. 특히 남편이 출근하고 나면 나는 갓난아기와 아주 조용히 지냈다. 이렇게 사는 게 맞나 싶어 용기를 냈다. 육아라는 큰 산을 함께 넘을 둥지를 만들려고 내가 사람들에게 먼저 다가갔을 때, 보이지 않지만 느낄 수 있는 어색함을 감지했다. 이 사람들은 내게 적셔진 문화와 내게 새겨진 언어를 모르니까 나랑 어울리기 힘들 수 있지. 나는 그렇게 이해했다. 그들을 이해했지만, 그들이 나를 이해할 것 같진 않았다. 그래서 나랑 맞는 친구 찾는 일은 그만두기로 했다. 그래서 나는 이곳의 그림자처럼 살았다. 이런 상황도 극복해야 한다는 이상적인 답을 알고 있었지만, 내게는 극복할 동기와 의지가 이미 고갈돼 버렸다. 그때 나는 정말 그렇게 하고 싶지 않았다. 내가 느끼는 안전한 선 안에서 웅크리고 지내는 게 편했다. 남들 눈에는 나약해 보이겠지만, 나는 그렇게 해야 안정감을 느낄 수 있었다. 시간이 지나며 나도 조금씩 주변 사람들과 어울리기 시작했다. 감사하게도 마음을 주며 의지하던 이들도 생겼다. 그게 참 좋았는데, 여러 이유로 그들이 다른 곳으로 떠나면서 나는 다시 원점으로 돌아갔다. 새로운 사람 앞에서 움츠러드는 건 내 고질병이었다. 아이들이 크고 학교에 다니면서 더 많은 사람과 만나게 됐지만 나는 여전히 눈치를 살피며 겉돌았다.

결혼 후, 미국으로 떠나면서 나와 내 사람들 사이엔 눈에서 멀어지면 마음에서도 멀어진다는 말이 적용되지 않을 줄 알았다. 물리적 거리가 가진 힘보다 우리 마음과 스마트폰이 더 강하다고 철석같이 믿었다. "언제든 서로 보고 싶고, 생각나면 연락하면 되지. 세상 참 좋아졌어."라며 너스레를 떨며 헤어졌다. 하지만 물리적 거리는 내가 생각한 것보다 훨씬 더 강력한 장애물이었다. 멀리 있으니 만날 수 없다는 건 각오했지만, 우리가 대화를 나눌 수 있는 시간에 제약이 생기는 것까진 예상하지 못했다. 게다가 우리는 각자의 자리에서 살기 바빴다. 우리 관계가 예전 같기를 바라는 건 욕심이었다. 솔직히 욕심이라는 걸 너무 잘 알았지만 인정하고 싶지 않았다. 그것마저도 욕심이었다. 하지만 결국 인정할 수밖에 없었다. 인정하고 나니 허탈해졌다. 나는 여기서도 바깥사람, 저기서도 바깥사람이 돼버렸다.

나는 자기 전 앨리샤 씨와 이야기했던 오후를 떠올렸다. 조용한 주택가에서 대화하는 두 여자가 그다지 특별해 보이진 않을 것이다. 하지만 우리는 흡사 작은 나뭇잎이 고요한 호수 위에 내려앉은 풍경 같은 대화를 나눴다. 우리가 서로를 생각하며 주고받은 말과 선물은 나뭇잎이 호수 표면에 닿자마자 퍼져나가는 동심원처럼 서로의 마음에 물결을 만들었다. 이제 나는 더 이상 문득 생각난 옛 친구에게 우리 지금 당장 만나자고 연락할 수 없다. 그리움을 꾹꾹 눌러 담아 만날 날을 기다려야 한다. 하지만 이제 나는 그 허전함을 채워주는 한 사람이 곁에 있다는 걸 안다. 나와 잔잔하게 마음이 맞닿은 사람이 내 옆에 산다는 사실이 든든했다. 앨리샤 씨와 너무 다른 내가 지구 반 바퀴를 돌아 우여곡절 끝에 앨리샤 씨 옆집으로 이사를 온 건 참 기적 같은 행운이다.

그녀와의 티타임

앨리샤 씨의 첫인상이라고 하면 나는 아마 2020년 9월 19일 오후 책을 읽던 앨리샤 씨를 떠올릴 것이다. 그 모습은 내 머릿속에 한 장의 사진처럼 박혀 있다. 그때 앨리샤 씨는 볕이 잘 드는 현관 계단에 앉아서 책을 읽고 있었다. 그림을 그리는 앨리샤 씨는 물감이 잔뜩 묻은 청바지를 입고 있었다. 그녀는 햇볕을 온몸으로 받아들이는 책을 한 손으로 들고 책 속으로 고요히 들어갔다. 앨리샤 씨 곁을 반려견 페니가 낮은 자세로 지키고 있었다. 그 한 장면에 앨리샤 씨가 좋아하는 모든 것이 있었다. 따사로운 햇살, 책, 그림, 그리고 반려견 페니.

우리 사이의 거리를 좁히기 위해 먼저 용기를 낸 쪽은 앨리샤 씨였다. 작년에 작은아이가 주 3일이긴 하지만 어린이집을 다니기 시작했다. 앨리샤 씨는 내가 육아에서 조금 더 자유로워진 걸 축하한다고 했다. 그러면서 언제 한번 커피 마시자고 했다. 나는 흔쾌히 좋다고 대답했지만, 우리가 따로 카페에서 만나 커피를 마실 것 같진 않았다. 앨리샤 씨가 빈말하는 사람은 아니지만, 너무 가까운 곳에 사는 우리가 따로 커피를 마시러 가는 게 어쩐지 약간 부자연스럽게 느껴졌다. 그런데 이 주 전 목요글방을 마치고 비몽사몽인 상태로 우편물을 가지러 나갔다가 반려견 페니와 산책을 마치고 돌아온 앨리샤 씨를 만났다. 앨리샤 씨는 내게 지금 바쁘냐고 재차 물었다. 그때는 몰랐는데 지금 커피 한잔하러 가지 않을래? 라는 질문이란 걸 집에 돌아오고 나서야 깨달았다. 눈치가 이렇게 없어서야 원…. 나는 앨리샤 씨에게 그날 바로 문자메시지를 보내 약속을 잡았다. 다음 주는 스키장을 가야 하니 다다음 주 월요일 아이들을 학교 보낸 후에 만나자고 했다. 그리고 사실 나는 커피를 못 마시니 차를 마셔야 한다고 고백했다. 그렇게 해서 우리의 첫 티타임이 성사됐다.

　　마치 앨리샤 씨와의 약속을 기다린 것처럼 약속 날짜를 잡긴 했지만, 사실 집에서 혼자 초조했다. 둘이서 무슨 말을 해야 할지, 갑자기 왜 보자고 하는 것인지 이 모든 대화를 영어로 해야 한다는 게 부담스러웠다. 우리가 안 지 이 년이나 지났지만 정식으로 마주 앉아서 이야기할 생각을 하니 갑자기 티타임이 아닌 영어면접으로 느껴졌다. 아무리 옆집이라도 남의 집을 가는 데 빈손으로 덜렁 갈 순 없었다. 내가 좋아하는 과자와 작은 핸드워시를 들고 가 현관문 벨을 눌렀다. '지금 나는 수다를 떨러 가는 것이다. 영어 면접이 아니다.'를 되뇌며 앨리샤 씨가 문을 열어주길 기다렸다. 집 밖에서 만나면 반가운 앨리샤 씨가 집 안에서 보니 왜 선생님처럼 보였는지 모르겠다. 앨리샤 씨는 차와 곁들일 스콘을 굽고 있었다. 식탁 위에는 스콘에 발라 먹을 수 있는 각종 잼과 여러 종류의 차가 있었다. 나는 앨리샤 씨가 직접 만든 복숭아 잼을 골랐다. 반려견 페니는 온몸으로 나를 반겨줬다. 페니는 멈출 줄 모르고 반가워하다 그만 앨리샤 씨한테 혼나고 말았다. 반려묘 레오는 내가 벨을 누르자마자 숨었다. 나중에 찾아보니 소파 밑에 폭신한 궁둥이를 삐죽 내밀고 있었다.

우리는 천천히 나눠 마실 차를 고르고, 조심스럽게 스콘을 나눠 먹었다. 반면, 우리는 머릿속에서 떠오르는 아무 이야기를 시작해 서로 탁구 치듯 이야기했다. 우리는 남편과 연애하고 결혼한 이이기, 아이들 키우는 이야기를 했다. 그러다 우리 집 전 주인에 대한 이야기도 나왔다. 앨리샤 씨에 의하면 그녀는 쇼핑을 좋아하는 사람이라고 했다. 그리고 지금은 텍사스로 이사 간 주비 씨와 전 주인이 무척 친했다고 했다. 그녀들이 왜 그랬는지 모르겠지만 앨리샤 씨에게 같이 쇼핑하러 가지 않겠냐고 물었고, 앨리샤 씨도 왜 그랬는지 모르겠지만 흔쾌히 가겠다고 했다. 문제는 앨리샤 씨는 쇼핑을 좋아하는 사람이 아닌 데다, 가기로 한 쇼핑몰은 고급 백화점과 명품 매장이 있는 쇼핑몰이라는 것이었다. 앨리샤 씨는 그녀들과의 쇼핑은커녕 당장 그 쇼핑몰과 어울릴 만한 옷도 없었다. 앨리샤 씨는 약속을 정한 날부터 머리를 쥐어뜯으며 후회했다. 안 봐도 알 것 같은 어색한 쇼핑은 앨리샤 씨가 그녀들과 한 처음이자 마지막 쇼핑이었다는 말에 우리는 한참을 웃었다. 앨리샤 씨가 나와 진짜 비슷하다고 느꼈다. 그제야 안도감이 들었다. 왠지 미국 사람들은 모두 이성적이고 논리적일 것 같다는 말도 안 되는 내 편견이 무너진 일화였다. 나처럼 거절 못 해서 걱정하고 후회하는 앨리샤 씨가 내 옆집 사람이라니. 여러모로 우리는 참 잘 만난 것 같다.

앨리샤 씨네 집과 우리 집은 전체적인 구조는 비슷했지만, 다른 부분도 있어 앨리샤 씨 집에 관해 이야기하는 재미도 쏠쏠했다. 나는 우리 집 1층 화장실 페인트 색이 우중충해서 마음에 안 든다고 했다. 앨리샤 씨에게 내가 직접 페인트칠을 해야 하나 고민 중이라고 했다. 내가 페인트칠을 한 번도 해본 적이 없다고 했더니 앨리샤 씨는 놀란 눈으로 "한 번도?"라고 되물었다. 나는 학생 때 전시회 준비할 때만 페인트칠을 해보고 내가 사는 집에선 해본 적은 없다고 했다. 앨리샤 씨 얼굴이 밝아지면서 집에 페인트 관련된 도구가 많으니 원한다면 어떻게 하는지 알려주겠다고 했다. 상상해 보니 정말 멋질 것 같다. 유튜브 영상을 보고 따라 하는 게 아니라 사람한테 직접 배울 수 있다니. 심지어 그 사람이 바로 내가 좋아하는 앨리샤 씨라면 더없이 좋을 것 같았다.

차를 다 마신 후, 앨리샤 씨는 천천히 집 구경을 시켜줬다. 다른 사람의 공간을 가보면 그 사람에 대해 더 많이 이해할 수 있게 된다. 예를 들면 반려동물과 함께 앉는 소파, 사랑하는 사람들의 사진을 붙여놓은 냉장고를 볼 수 있으니 말이다. 앨리샤 씨는 남편 블레이크 씨와 함께 부엌 팬트리를 직접 새로 만들었다. 예전 팬트리는 철제로 된 찬장이었는데 무거운 병과 캔의 무게를 이기지 못하고 찬장이 휘어졌다고 했다. 그래서 앨리샤 씨 부부는 팬트리를 새로 고칠 수밖에 없었다. 하부장과 서랍은 업체에 맡겼지만, 벽에 설치한 나무 선반은 앨리샤 씨와 블레이크 씨가 직접 나무를 구해, 규격에 맞게 자르고, 마감처리까지 해서 설치했다. 가까이서 봤는데 보통 솜씨가 아니었다. 부부의 시간이 담긴 팬트리는 밝고 따뜻했다. 한국어로 써진 생강 꿀차 티백을 보자 반가웠다. 티백에 써진 한글을 반가워하는 나를 본 앨리샤 씨는 몸이 좋지 않을 때 하나씩 타서 마신다고 했다. 나는 앨리샤 씨를 연상시킬 수 있는 새 단어를 머릿속에 입력했다. 더 좋은 생강 꿀차를 발견하면 앨리샤 씨에게 사다 주고 싶었다.

앨리샤 씨와 블레이크 씨의 노력이 온전히 담긴 팬트리 바로 맞은편 벽에는 우리 큰아이가 그려준 그림이 붙어 있다. 그 그림을 보며 나는 앨리샤 씨가 얼마나 사람의 마음을 소중하게 간직하는 사람인지 알 수 있었다. 눈높이에 위치한 그 그림을 보니 오히려 내가 고마웠다. 큰아이의 그림 주변에는 많은 사람의 사진이 있었다. 앨리샤 씨가 사진에 있는 사람을 한 명씩 이야기하는 걸 들으면서 나는 '앨리샤 씨는 참 좋은 사람이구나. 이 사람들도 앨리샤 씨가 친구라서 참 행복하겠다.'고 생각했다. 그중 가장 기억에 남는 사진은 앨리샤 씨의 둘째 딸이 태어난 지 얼마 안 됐을 때 찍었던 사진이다. 젊은 블레이크 씨가 활짝 웃으며 누워 있고, 첫째 딸이 블레이크 씨의 팔베개를 하고 옆으로 누워 웃고 있었다. 블레이크 씨의 가슴 위에는 아주 어린 둘째 딸이 누워 있었다. 앨리샤 씨는 이들처럼 행복하게 웃으며 카메라 셔터를 눌렀을 게 분명하다. 네 식구의 가장 행복한 순간을 이십여 년 후에 목격한 나 역시 따라 웃게 되었다.

즐거웠던 티타임을 마칠 시간이 됐다. 앨리샤 씨는 원한다면 스콘을 가져가도 된다기에 덥석 받아왔다. 말린 크랜베리와 오렌

지가 들어간 스콘을 받아 들고 나는 조심스레 우리 집으로 돌아갔다. 남편과 점심을 먹으며 우리의 티타임에 관해 이야기했다. 나는 1층 화장실 페인트칠을 앨리샤 씨에게 배워가면서 하고 싶다고 했다. 남편은 '굳이?'라는 표정으로 "왜?"라고 물었다. 나는 유튜브가 아닌 진짜 사람한테 배우고 싶다는 포부를 밝히자, 남편은 "그러든지."라고 했다. 하지만 내 진짜 이유는 우리 집에 앨리샤 씨와 내 이야기를 남기고 싶기 때문이었다. 언젠가 그녀가 떠나더라도 우리가 함께 웃으며 페인트칠한 공간이 우리 집에 있다면 참 멋진 일일 테니까.

다음 날 아이들과 함께 앨리샤 씨가 구운 스콘과 과일을 곁들여 아침 식사를 했다. 스콘을 먹으니 앨리샤 씨 집에서 봤던 사진이 생각났다. 내가 언제 마지막으로 활짝 웃고 사진 찍었더라? 사진을 찍고 확인할 때마다 나이 든 내 얼굴을 보고 깜짝 놀란다. 사진 속 나는 낯설 정도로 별로다. 나는 그동안 나이 드는 건 자연스러운 거라고 의연한 척해 왔다. 사실 나는 내 몸에 진행되는 노화를 어쩔 수 없이 받아들였을 뿐, 나이 들고 싶지 않음을 여기서 고백한다. 그래서 아이들과 같이 사진 찍을 때면 슬며시 빠져나온다. 훗날 아이들이 어릴 적 사진을 꺼내본다면 어렸던 자신들을 확인할 순 있어도 중년의 나를 확인할 순 없다. 아이들이 날 추억할 수 있는 사진이 없는 게 미안해졌다. 지인들과 찍은 여러 사진 속 앨리샤 씨는 언제나 밝게 웃고, 천천히 나이 들어가고 있었다. 아침상을 정리하며 내린 결론은 어차피 나이 드는 거 나도 앨리샤 씨처럼 웃으면서 나이를 받아 들기로 했다. 앨리샤 씨가 보여준 밝은 모습이 그녀의 전부가 아니라는 걸 안다. 그녀에게도 어둡고 숨기고 싶은 모습이 왜 없겠나. 그렇지만 앨리샤 씨는 좋은 것이든 나쁜 것이든 모두 수용해 자기 것으로 만든다. 그중에 가장 밝은 조각을 잃지 않으려고 소중히 여기는 그녀를 나는 존경하지 않을 수 없다. 한쪽 무릎을 꿇어 아이들의 눈높이를 맞춰주는 앨리샤 씨. 외국인인 내가 하는 말을 끝까지 기다려 주는 그녀처럼 나이 든다면 참 좋겠다.

앨리샤 씨로부터 티타임이 즐거웠다는 문자메시지가 왔다. 나역시 즐거웠다는 말로 시작해 "다음에는 꼭 우리 집으로 와요."라고 답장 보냈다. 따뜻한 차처럼 온기와 향이 있는 사람과 할 티타임이 벌써 기대된다.

우리가 함께한 시간 1년
그리고 9개월

이사 날 오전, 나와 아이들은 집 앞마당에서 놀고 있었다. "안녕하세요. 혹시 당신이 이 집에 새로 이사 오는 분인가요?" 말을 건넨 사람은 가벼운 옷차림으로 강아지 산책을 시키는 로저 씨였다. 로저 씨는 이삿날 우리에게 처음으로 말을 건넨 사람이었다. 로저 씨는 그런 사람이었다. 따뜻하고 성실한 사람. 나는 우리가 이 집으로 이사 온 사람이 맞다고 했고 로저 씨는 축하한다고 했다. 로저 씨 가족이 키우는 강아지 이름은 락키다. 그때 당시만 해도 코로나가 심각한 상황이어서 우리는 멀리 떨어져 이야기했지만, 락키만큼은 로저 씨와 우리 가족 사이를 거리낌 없이 오갔다. 아이들이 강아지를 만져봐도 되냐는 질문을 조심스레 건네자, 로저 씨는 흔쾌히 그러라고 했다. 큰아이는 신나서 락키 등을 쓰다듬었고 그때 당시 두 살도 되지 않았던 작은아이는 인형이 아닌 살아 있는 개를 보자 놀라서 원숭이처럼 나한테 찰싹 붙어 떨어지지 않았다. 한참을 큰아이랑 놀던 락키가 난데없이 우리 집 잔디를 뜯어 먹었다. 그 모습을 본 큰아이는 로저 씨에게 궁금한 것이 있다며 혹시 락키가 채식주의 강아지냐고 물었다. 이 질문은 두고두고 우리 동네에 이야깃거리로 돌았다. 공손하게 엉뚱한 질문을 한 다섯 살 아이를 추억하는 건 언제든 우리를 웃게 했으니까. 잔디를 먹던 락키는 우리 집 마당에 벌러덩 누워 배를 드러냈다. 처음 만난 날부터 락키는 우리 가족을 신뢰했다. 그날 이후 락키가 우리 집 앞을 지나갈 때면 우리 가족은 버선발로 뛰어나가 락키를 쓰다듬었다.

로저 씨와 아내 주비 씨 사이에는 두 자녀가 있다. 우리가 이사 왔던 당시, 딸은 다른 주에 있는 대학교에 다녔고, 아들은 고3이었다. 로저 씨 부부는 우리 아이들이 자전거나 킥보드를 타는 모습을 볼 때면 자기 자녀들의 어린 시절 이야기를 해주곤 했다. 로저 씨 부부는 자기 아이들의 어린 시절을 떠올리게 하는 우리 아이들을 유독 예뻐했다. 이사 온 지 한 달 만에 우리는 핼러윈을 맞이했다. 배트맨이 된 큰아이와 마녀가 된 작은아이는 마스크를 쓰고 동네를 돌아다니며 초콜릿을 받았다. 로저 씨 부부는 우리 아이들을 위해 각종 사탕과 초콜릿, 캐러멜이 잔뜩 든 종이가방을 몰래 따로

췄다. 크리스마스 땐 아이들 사진으로 만든 크리스마스카드를 로저 씨네 집 우체통에 몰래 넣으며 우리는 더욱 각별해졌다.

이듬해 여름이 되자 로저 씨 아들 루이스는 텍사스주에 있는 대학교에 합격했다. 나는 고등학교 졸업을 축하하며 아이들과 함께 쓴 카드를 로저 씨네 우편함에 넣었다. 루이스와는 인사만 할 뿐 거의 이야기 한 적이 없어서 루이스의 답장을 기대하지 않았다. 그런데 루이스도 우리 집 우편함에 답장을 몰래 넣었다. 루이스의 큰 키와는 달리 너무 귀여운 손 글씨가 나를 절로 미소 짓게 했다. 루이스는 카드에 축하해 줘서 고맙다는 진심을 담았다. 그러고 보니 우리는 꽤 자주 카드를 주고받았다. 그만큼 정도 많이 나눴다. 가을이 되기 전, 루이스는 텍사스주로 떠났다.

락키와 산책하는 로저 씨나 주비 씨를 보면 우리는 지나치지 않고 인사했다. 인사는 인사에서 그치지 않았다. 우리는 락키를 쓰다듬으며 서로의 안부를 물었다. 안부는 다시 우리 주변 이야기로 뻗어나갔다. 아이들 학교나 직장, 한국에 관한 이야기가 우리 대화의 주제였다. 이렇듯 우리는 특별한 소식보다 무난한 일상 이야기를 주로 했다. 나는 우리의 평범하고 잔잔한 대화가 계속 이어질 거로 생각했다. 찬 바람과 따스한 햇살 때문에 새싹이 시간을 혼동했던 초봄 3월, 주비 씨로부터 문자메시지가 왔다. 얼굴 보고 이야기하고 싶었는데, 요즘 얼굴 보기가 힘들어서 부득이하게 문자메시지로 연락하게 됐다고. 주비 씨는 곧 다른 주로 이사할 거라고 했다. 로저 씨네가 언젠가 이 집을 정리하고 다른 곳으로 이사할 거라고 예상은 했지만, 이렇게 갑자기 갈 줄은 몰랐다. 갑작스러운 로저 씨네 이사 소식으로 받은 충격에 이어 로저 씨네가 떠나면 우리 동네 이웃들이 한둘 떠나버릴 것 같은 불안함이 몰려왔다. 특히 옆집 앨리샤 씨까지 떠난다면…. 그 생각을 하니 갑자기 서글퍼졌다. 마침, 앨리샤 씨와 이야기하다 제발 떠난단 말은 하지 말아 달라고 했다. 하지만 앨리샤 씨는 둘째 딸이 대학을 졸업할 때쯤이면 이사할 생각이라는 말에 내 마음의 둑은 완전히 무너졌다. 당시 앨리샤 씨의 둘째 딸은 대학교 2학년이었다. 내가 있을 곳이 아니라고 생각했던 미국에서 이전에 나는 움츠리고 살았다. 그래도 내가 선한 이웃들을 만나 서로 마음을 나누며 산 덕에 이곳이 내 동네라는 생각이 들 정도로 편안하다고 느꼈다. 그러나 이웃들이 하나둘 떠나는 뒷모습을 볼 생각을 하니 한없이 우울해졌다. 옆 동네도 아니고 아예 다른 주를 떠나는 건 해외로 나가는 것과 마찬가지다. 앞으로 보지 못할 걸 알기에 로저 씨네 이사 소식은 한동안 나를 뒤흔들었다.

부동산 경기가 활기를 띠고 있을 때라 로저 씨 집은 매물로 나오자마자 금방 팔렸다. 그 후부터 로저 씨 부부는 눈코 뜰 새 없이 바빠졌다. 로저 씨 집 앞을 지나다 로저 씨께 이사가 얼마만큼

진행됐는지 물었다. 그는 고개를 저으며 끝날 듯 끝나지 않는다고 했다. 지하실에 책장이 네 개나 있는데 처치 곤란이라며 난감해했다. 남편은 내가 책을 좋아해서 집에 책이 많이 있는 데다 책장이 필요하다고 했더니 로저 씨가 바로 지하실로 가자며 책장을 보여줬다. 우리는 냉큼 그 책장을 가지겠다고 했다. 로저 씨는 드디어 골치 아픈 책장을 처분해서 좋아했고 나는 공짜로 책장을 얻어서 좋았다. 사람이 떠나도 추억은 남는다. 나는 로저 씨 덕분에 추억을 떠올릴 만한 책장을 얻었다. 그 책장에서 책을 고를 때나, 다 읽은 책을 책장에 꽂을 때마다 로저 씨 가족을 떠올릴 것이다. 한 달 후, 루이스의 친구들이 로저 씨와 함께 책장을 가져왔다. 로저 씨는 우리 아이들이 좋아할 것 같다며 탁구대를 깜짝 선물해 줬다. 이사 준비로 바쁜 와중에도 아이들이 학교에서 돌아오기 전에 주고 싶다며 일부러 시간을 내서 와줬다. 로저 씨는 큰 탁구대를 직접 나사를 풀어 옮기고 다시 조립해 주고 갔다. 아니나 다를까 하교한 큰아이에게 지하실을 보여줬더니 큰아이 표정만 봐도 아이가 얼마나 행복한지 알 수 있었다. 이 표정을 로저 씨가 봤다면 아마 본인이 더 좋아했을 거다.

내가 달라고 부탁한 모닥불용 나무 장작까지 아낌없이 다 주고 간 로저 씨 부부는 가기 전까지 십오 년간 켜켜이 쌓은 추억을 다시 걷어내는 작업을 했다. 중요한 물건만 챙기고, 많은 물건을 버렸다. 아이들이 클 때마다 키를 기록했던 벽을 다시 페인트로 덮을 때 로저 씨 부부의 마음은 어땠을까? 주비 씨는 내게 짐을 비워내면 비워낼수록 이 집을 정말 좋아했단 걸 깨달았다고 했다. 그리고 "애들 키울 때 이래야 한다, 저래야 한다. 그런 말은 다 헛소리야. 아무 상관도 없어. 그냥 아이들을 내버려둬. 애들은 알아서 잘 커." 많은 육아서에서 한목소리로 외치는 아이를 믿으라는 말. 그 말을 알면서도 실천 못 하는 나를 알아본 것처럼 주비 씨는 나에게 소중한 조언을 해줬다. 주비 씨가 생각날 때마다 그녀의 경험에서 우러나온 조언을 다시 떠올려야지.

로저 씨는 이삿짐과 함께 먼저 텍사스로 떠났다. 로저 씨가 떠나기 전 마지막 인사를 제대로 나누지 못해 아쉬웠다. 주비 씨에게 문자메시지를 보냈다. 가기 전에 인사라도 하게 꼭 좀 들르라고. 서로 엇갈릴 뻔했으나 다행히 짬을 내서 만났다. 나는 먼 길 떠나는 그녀와 딸 마리아에게 뭐라도 주고 싶었다. 이사를 하는 그들에게 짐이 되지 않을 선물로 직접 구운 쿠키를 건넸다. 우리는 아쉬워서 계속 이야기하고 또 하고 또 했다. "놀러 와라." "응. 그래 놀러 갈게." "너도 놀러 와라." "그럴게." 락키도 마지막으로 쓰다듬고 아이들과 주비 씨, 마리아와 다 같이 꺼안고 진짜 마지막 인사를 했다. 떠나는 주비 씨 모습은 내 미래 모습이고, 남겨진 내 모습은 주비 씨의 과거 모습이 될 것이다.

그리고 다음 날 아이들과 산책하다 주비 씨의 집 앞에 있던 차가 없어진 걸 확인했다. 지난밤 주비 씨가 말한 대로 우리가 잠든 새벽 4시 주비 씨는 조용히 차를 몰고 친정인 뉴욕으로 떠났다. 나는 조용히 작별을 눈으로 담고 밀려드는 서운함을 마음으로 꿀꺽 삼켰다.

내 물건으로 만들기

시이모님이 돌아가셨다. 완치가 없는 지병이 원인이었다.

시이모님이 응급실로 실려 가기 며칠 전, 시이모님은 시이모부
님에게 쇼핑 가자고 하셨다. 시이모님은 곧장 핸드백 매장으로 가
시더니 대뜸 "나 살면서 이런 가방 한 번도 안 들어봤어. 나 이거
살래." 하시고 핸드백을 사셨다. 시이모님답지 않은 소비였다. 그런
데 시이모님은 거기서 멈추지 않고 그 길로 구두 매장에 가셨다. 그
곳에서 화려한 구두 한 켤레를 보시고 "나도 이런 구두 한 번만 신
어봤으면…"이라는 말에 시이모부님은 무슨 이런 해괴망측한 신발
을 신냐고 핀잔하고 돌아섰는데 시이모님은 구두를 신고 주저앉은

채 요지부동이셨다. 그렇게 시이모님은 구두 한 켤레까지 구입하셨다. 어린아이처럼 떼를 쓰느라 신었던 그 잠깐이 유일하게 시이모님이 그 신발을 신었던 시간이었다. 돌이켜 보면 그 쇼핑은 마치 시이모님께서 이승을 떠나시기 전, 미련이 남지 않게 잠시 미래에서 온 시이모님이 다녀가 가신 것 같다.

시이모님의 장례식을 치르고 시이모부님은 유품을 정리하셨다. 대부분의 유품을 정리하셨지만, 시이모님이 마지막으로 사셨던 핸드백과 구두는 차마 버릴 수 없으셨다. 시이모님 슬하에는 외아들이 있었지만, 미혼인 데다 교제하는 이도 없었다. 시이모님의 유품을 조카나 조카며느리에게 줘야 하는데, 유품의 사연을 알고 있는 내게 주고 싶다고 하셨다. 나는 감사히 받겠다고 했다. 선뜻 대답했지만, 정말 내가 받아도 되나 싶었다. 어쩌다 보니 시이모님이 그토록 갖고 싶어 하셨던 물건이 나에게 왔다. 나는 이 유품이 가지고 있는 의미를 잘 알기에 유품을 옷장 안쪽에 조심히 보관했다.

유품이 가진 힘은 강력했다. 유품은 우리 집으로 온 이후 내게 지속적으로 시이모님의 죽음을 상기시켰다. 몇 달 전, 응급실로 실려 가셨던 시이모님이 치료를 마치고 퇴원 길에 우리 아이들이 너무 보고 싶다고 하셨다고 했다. 그런데 그 말씀마저도 나한테 부담될까 봐 못하셨다는 말을 전해 들었을 땐 참담했다. 지병은 내가 시이모님의 시간을 더 둔감하게 인지하게 했다. 다음에 찾아뵙자. 다음에 연락드리자. 그런데 내가 생각한 다음과 시이모님이 버틸 수 있는 시간은 달랐다. 살아 계실 때 잘하라는 말을 따끔하게 배웠다. 내가 미국에 와서 힘들었을 때, 시이모님은 날 따로 불러 밥을 사주셨다. 너는 잘하고 있으니 힘내라고 해주셨던 시이모님이었다. 그런데 시이모님이 혼자 아파하실 때 나는 시이모님을 외롭게 했다. 시이모님께 안부 전화 하고 아이들 사진이나 동영상 보내는 게 뭐가 그렇게 어렵다고. 그걸 안 했을까. 죄책감은 끈질기게 나를 괴롭혔다. 그리고 나를 끊임없이 의심하게 했다. 나는 과연 시이모님의 유품을 쓸 자격이 있는 사람인가? 혹시라도 쓰다가 닳으면 어떡하지? 그렇다고 안 쓰면 그게 정말 시이모님이 바라시는 걸까? 써도 아깝고 안 써도 아까운 유품을 보니 심란했다.

나는 앞치마를 두르고 작은아이와 부엌 정리를 하고 있었다. '똑똑' 누군가 대문을 두드렸다. 남편이 문을 열어보니 옆집에 사는 앨리샤 씨였다. 지난주 그녀는 친정인 인디애나주에 혼자 다녀왔다. 앨리샤 씨는 내가 호미를 선물해 준 게 고마워서 이번엔 그녀가 내게 선물해 주고 싶었다며 선물과 카드를 건넸다. 나는 뭘 바라고 호미를 사 온 게 아닌데 막상 이렇게 선물 받으니 민망하면서도 좋았다. "아이고, 뭘 이런 걸 다…." 하면서 손이 넙죽 나갔다. 이렇게까지 안 챙겨줘도 된다고 했지만, 앨리샤 씨는 한국까지 가서 내가 자기를 생각해 준 게 정말 고마웠고, 감동받았다고 했다. 우리는 서로에게 감동받고 고마워하며 헤어졌다.

현관문을 닫고 잠시 앨리샤 씨가 정성껏 포장한 선물을 찬찬히 바라봤다. 우리는 각자 친정에 가서 서로를 생각했다. 앨리샤 씨는 분명 내가 무얼 좋아할지 몰랐을 거다. 고심해서 선물을 골랐을 앨리샤 씨다. 다행히 앨리샤 씨와 내 취향이 비슷했던 모양이다. 선물을 풀어보니 내 최애 디저트인 다크초콜릿이었다. 앨리샤 씨는 여러 카드 중 가장 예쁜 카드를 고르고, 어떤 말을 쓸지 고민하다 마음을 담아 카드에 글을 쓰고, 포장지와 리본을 고른 후, 리본 매듭을 지었을 것이다. 포장을 마친 후, 우리 집에 설레는 마음으로 현관문을 두드리고 문이 열릴 때까지 온전히 우리 가족을 생각해 준 그 시간이 봄볕처럼 따스했다.

앨리샤 씨가 우리를 생각해 준 시간보다 더 따뜻한 말이 카드에 적혀 있었다. 앨리샤는 호미를 선물해 줘서 고맙다는 말과 함께 이 호미가 얼른 더러워지기를 기다린다고 했다. 앨리샤 씨는 내게 큰 깨달음을 줬다. 앨리샤 씨는 내가 그녀에게 호미를 선물한 의도를 정확히 파악했다. 나는 앨리샤 씨가 마당과 텃밭을 열심히 가꾸는 모습을 가까이서 봤기 때문에 한국에서 호미를 보자 자동으로 그녀가 떠올랐다. 그녀가 호미를 쓰면서 더 편하게 자신의 공간을 가꾸길 바랐다. 나는 그녀가 이런 내 마음을 담아 건넨 선물을 진짜로 좋아했으면 좋겠다. 호미가 한국에서 온 신기한 선물로 그치지 않고 진짜 그녀가 아끼는 도구가 되기를 바란다. 선물이 새로운 주인과 시간을 많이 보내는 것, 함께 흙에서 뒹굴고, 흙을 파는 호미의 진짜 용도로 쓰이는 것이 선물이 진짜 사랑받는다는 증거다. 호미에 앨리샤 씨의 손때가 탄다면 선물한 사람 입장에서 그보다 더 기분 좋을 순 없을 것이다.

이제 나도 시이모님의 유품을 쓸 용기가 생겼다.

완주

　그녀의 언니는 그녀를 떠올리면 마치 피어보지도 못하고 꺾여 버린 꽃 같다고 했다. 그녀보다 열두 살 많은 그녀의 오빠는 그녀가 학교 가는 당신을 부러워하며 문 앞에서 배웅해 주던 그녀의 고사 리손이 가장 먼저 떠오른다고 했다. 그녀 남편의 행동은 언제나 그의 말을 따라가지 못했다. 그는 자주 그녀 뒤로 숨곤 했다. 그녀는 등 떠밀려 실질적 가장이 됐다. 그러나 그녀가 아무리 애쓰면서 일해도 돈은 그녀에게 머물지 않았다. 세상은 지독히도 그녀에게 차가웠다. 그녀가 아무리 부족함을 채우려고 해도 그녀의 밑 빠진 독은 채워지지 않았다.

그녀는 아이를 친정 엄마에게 맡기고 죽도록 일했다. 그녀의
아이는 어릴 때 자주 병치레했다. 그녀는 아이가 엄마 손이 아닌 할
머니 손에 자라서 그런 거라며 자책했다. 그녀의 아이는 종종 열이
펄펄 끓어 열 경기를 했다. 언젠가 그녀 아이가 호흡곤란이 왔다.
아이는 얼굴색이 변하고 고개가 뒤로 넘어갔다. 그녀는 그 상황이
너무 무서워서 아이의 이름을 부르는 것이 아니라 "엄마… 엄마…
엄마…." 하고 발을 동동거리며 울었다. 그녀의 어머니는 그녀와 달
리 주저 없이 아이의 코를 입에 물고 연신 숨을 불어넣어 주었다.
아이는 곧 숨을 내뱉었고, 그 아이는 지금 제 엄마의 키를 훌쩍 넘
은 어른이 됐다.

그랬던 그녀의 어머니는 십 년 전 세상을 떠났다. 그녀의 어머
니는 삼십여 년 전 먼저 세상을 등진 그녀의 아버지 곁에 묻혔다.
그녀는 삶이 막막하고 버거울 때면 굳건했던 엄마가 너무 그리웠
다. 그때마다 그녀는 꽃을 사 들고 부모님이 잠든 묘지로 갔다. 그
녀는 부모님의 이름이 새겨진 동판에 앉은 흙먼지를 꼼꼼히 닦았
고, 동판에 있는 꽃병에 물을 부어 꽃을 꽂았다. 부모님 묘 앞에서
볕을 쬐다 오는 것이 그녀가 그녀를 달래는 유일한 시간이었다.

그녀는 오랫동안 병마와 싸웠다. 그랬던 그녀가 갑자기 응급
실로 실려 갔다. 이전에도 몇 번 있었던 일이었다. 응급치료를 받고

퇴원하고 통원 치료를 했던 몇 년간의 경험이 있던 터라 그녀의 남편은 크게 걱정하지 않았다. 그는 '이번에도 곧 있으면 퇴원하겠지.'라고 희망을 품었다. 그러나 그녀는 달랐다. 그녀는 남편에게 이제는 내가 오래 못 버틸 것 같으니 만약에라도 무슨 일이 생기면 부모님이 있는 곳에 묻어달라고 했다. 그리고 그 부탁은 그녀의 유언이 되었다. 그녀가 위독하다는 소식에 조카들이 속속 중환자실로 모여들었다. 어릴 적 유행했던 영화 〈E.T.〉를 극장에 가서 보여주었던 추억, 목욕할 때 때를 너무 세게 밀어 아프다고 울었던 기억, 자다 깨보니 자신만 빼고 세 살 터울 형과 그녀가 베지밀을 마시던 모습을 보고 대성통곡을 했던 밤, 열여섯 살 운전면허증을 따자마자 고속도로를 타보라고 선뜻 자신의 차 키를 조카 손에 쥐여줬다는 추억까지 그녀의 조카들은 각자 기억을 꺼내 그녀의 삶을 되돌아봤다. 그녀의 남편은 "조카들도 다 왔는데 정말 눈 안 뜰 거야?"라고, 장난스러운 말투로 두려움을 숨긴 말을 건넸다. 하지만 그녀는 이미 기계 없이 호흡이 불가능했다. 최신의료기기에 둘러싸인 그녀는 거대한 기계 중앙에 있는 낡은 엔진처럼 보였다. 그녀 남편의 마지막 희망은 그들이 믿는 신에게 닿지 못하고 공허하게 사그라들었다.

그녀는 안쓰러울 정도로 열심히 살았다. 그녀는 자기 삶이 금이 가면 금이 난 대로 내달렸다. 금이 간 삶이 부서지면 부서진 조각들을 주워 또 달렸다. 발목이 붙잡혀도 그녀는 굴하지 않고 안간

힘을 다해 그녀의 길을 걸었다. 그녀는 그녀가 짊어진 무게에 버티다 못해 고꾸라져도 다시 툭툭 털고 일어나 걸었다. 걸을 수 없을 정도로 지쳤을 때도 그녀는 남아 있는 힘을 쥐어짜 기어갔다. 그녀가 앓던 병은 그녀의 손발을 묶었지만, 가난은 그녀를 쉬도록 내버려두지 않았다. 아팠던 그녀가 쉰다는 건 사치였다. 병세가 악화해 더 이상 일할 수 없게 된 그녀는 자신의 절박함을 알아줄 누군가를 찾았다. 낯부끄러운 부탁을 해야 했고, 상대의 거절 앞에서 어색해진 분위기를 풀며 애써 괜찮다고 멋쩍은 미소를 지었다. 그녀가 미소를 짓기까지 아마 그녀는 혼자 많이 울고, 외로웠을 것이다. 혼자 버텼을 그녀의 시간을 상상해 보면 마음 한구석이 시큰해진다.

오가는 안부 속에서 그녀는 자주 초라해졌다. 그녀는 남들처럼 살지 못하는 자신을 비교했다. 비교는 그녀의 마음을 허겁지겁 갉아먹었다. 그녀는 그러면 안 되는 걸 알면서도 부러움에 뒤틀려 시기와 자격지심으로 얼룩졌다. 평생 몸이 고달프고 마음고생 많았던 그녀의 속은 어느덧 새카맣게 탔다. 지독한 삶을 견디다 보니 시기와 자격지심마저도 다 타고 남은 재처럼 가벼워졌다. 고된 삶을 버텨낸 그녀는 자신에게 주어진 몫 이상을 살았다. 그녀는 버거웠던 자신의 결승선까지 최선을 다해 그녀의 속도로 달렸다.

그녀가 세상을 떠나고 난 다음 날 밤하늘에는 커다란 초승달이 유독 낮게 걸려 있었다. 땅에 남겨진 두 가족이 못내 마음에 걸려 그토록 가까이 내려앉았던 걸까? 아니면 버거웠던 삶의 무게가 그녀를 이토록 가까이 끌어내렸을까? 나는 얇디얇은 달의 노란 살결이 마치 가족들 뒷바라지하느라 자기 모습을 거의 드러내지 못한 그녀 같다고 생각했다. 그녀는 밤하늘에 낮게 걸린 초승달이 됐고, 영구차 앞에서 조문객을 바라보던 벌이 됐다. 끝내 바람이 된 그녀가 땅 위에서 모든 여정을 마쳤다. 비로소 그녀는 안식의 세계로 두 발을 내디뎠다.

헤어짐을 받아들이기

　내가 기억할 수 있는 가장 앞자리의 헤어짐은 초등학생 때다. 새 학년 배정된 반을 확인했을 때 친한 친구들과 같은 반이 되지 못하면 아쉬움도 아쉬움이지만 두려움이 더 컸다. 특히나 친했던 친구 중 나만 다른 반이 됐을 때는 절망적이었다. 새 학기 쉬는 시간이면 어김없이 친구 교실로 가서 친구를 찾았다. 쉬는 시간 내내 친구와 손잡고 복도에서 이야기했다. 수업 종이 울릴 때까지 붙어 있다 다음 쉬는 시간에도 만나자며 애절하게 헤어졌다. 내가 아닌 다른 친구는 상상도 할 수 없다던 친구가 어느 날 새 친구와 다정하게 노는 모습을 봤을 땐 서운함이 이루 말할 수 없었다. 더 이상 나를 찾지 않는 친구가 미웠다. 그제야 새로운 반에서 부랴부랴 친구를 사귀려고 노력했다. 나는 항상 한발 늦게 새로운 반에 적응했다.

그런 헤어짐과 만남은 지금껏 살면서 끊임없이 이어지고 있다. 지금보다 마음이 더 말랑말랑했던 이십 대에는 참 많은 만남과 이별이 있었다. 내 젊은 날의 연애 이야기를 기대했다면 미리 사과하겠다. 이십 대 중반에 떠났던 유학 생활 중 가장 즐거웠던 어학연수 시절 이야기를 먼저 해보려 한다. 첫 타국살이를 했던 나는 사람들의 영향을 유독 많이 받았다. 나는 거기서 만났던 사람들에게 마음도 많이 주고 의지도 많이 했다. 하지만 어학연수라는 특성상 사람마다 계획한 연수 기간이 다 달랐다. 어학원에서 만났던 사람들은 정해진 날짜에 다시 자기 자리로 돌아갔다. 나는 장기 어학연수 중이라 사람들을 떠나보내는 입장이었다. 정든 사람들과 자주 헤어지다 보니 어느 순간 내 마음이 너무 공허해졌다. 당시 내가 많이 의지했던 선생님을 붙잡고 사람들과 헤어지는 게 너무 힘들다고 토로했다. 내 이야기를 차분하게 들어주던 선생님은 "하나의 문이 닫히면, 다른 문이 열린다."라고 말해줬다. 그 말을 듣자마자 나는 크게 위로받았다. 그러나 그 후에도 헤어짐이 끊임없이 이어지자 나는 '그놈의 문은 고장 난 자동문처럼 열고 닫히기만 하는 것인가!'라고 한탄하며 점점 지쳐갔다. 다른 사람들은 헤어짐이 또 다른 시작이라고 했지만 나에게 헤어짐은 상실이었다. 다들 잘만 받아들이는데 나만 속으로 끙끙대는 것 같아 나 자신이 초라하게 느껴졌다.

당시 나는 인생은 장거리 버스 여행이라고 생각했다. 우리가 같은 버스를 타고 가다가도 목적지로 가기 위해 다른 버스로 갈아타는 그런 여행. 옆자리에 앉은 사람과 두런두런 이야기하다가도 목적지에 도착하면 내려야 하는 그런 여행. 내린 사람들의 빈자리가 어김없이 새로운 사람들로 채워지는 그런 여행. 나 역시 반드시 환승역에 내려 다른 버스를 타고 가야 하는 아주 긴 버스 여행. 내가 탄 버스는 유독 자주 멈추고, 멈출 때마다 내리는 사람도 많다고 느꼈다. 나는 버스 여행을 하는 동안 내가 가야 할 목적지보다 다음 정거장을 신경 썼다. 나는 다가올 헤어짐 앞에서 지레 겁부터 먹었다.

삶의 터전을 완전히 바꾸게 된 결혼생활로 나는 또 한 번 큰 헤어짐을 경험했다. 남편이 출근한 후 우두커니 집에 있다 보면 나는 남편과 시가 식구들을 제외하고 친한 이는커녕 아는 이가 없다는 사실이 두려웠다. 이곳에서 모든 관계의 시작은 남편이었다. 내가 아이들을 낳고 키우면서 내 새로운 관계의 시작은 아이들이었다. 아이들 친구 엄마가 내 친구가 됐다. 우리는 앞으로 아이들이 크는 걸 보면서 우리도 같이 나이 들겠다고 생각했다. 하지만 매일 우리 집 문을 두드리며 함께 놀던 이웃도, 큰아이와 사이좋게 지냈던 쌍둥이 가족도 남편의 근무지가 바뀌고, 더 좋은 기회가 생겨서 아주 멀리 떠났다. 잘된 일이라 축하해 줬지만, 당시엔 '난 이제 어떡하지?'라는 생각이 먼저 떠올랐다. 언제든지 만날 수 있는 사람들이 내 곁을 떠난다는 건 매번 겪지만, 매번 새롭게 아프다. 정붙일 곳이 없었던 내가 그나마 몇 안 되는 지인들이 떠나는 걸 볼 때마다 마음의 생살이 뜯겨나가는 느낌이었다. 내가 미국으로 떠났을 때 내 가족과 친구들도 이런 느낌이었을까?

큰아이와 이 년째 같은 반인 친구가 있었다. 아이들은 하루 종일 같이 다니며 단짝 친구가 됐다. 올해 초, 큰아이가 내게 그 친구가 곧 다른 주로 이사 간다고 했다. 처음에는 너무 뜻밖이라 큰아이가 실없는 소리를 한다고 생각했다. 그런데 두어 번 더 이야기하는 것이 심상치 않아 그 친구 엄마에게 물어봤다. 친구 엄마는 이사하는 것은 확정됐지만 이사 날짜는 아직 정해지지 않았다고 했다. 우리는 가기 전에라도 자주 보자고 했다. 실제로 우리는 틈나는 대로 만났다.

언제일지 모를 그날이 정해졌다. 예상보다 한 달이나 더 빨리 떠나게 됐다는 소식에 마음이 급해졌다. 이사 날짜를 알게 되자 헤어짐의 속도가 몇 배는 더 빠르게 느껴졌다. 늘 그렇듯 떠나야 할 사람은 바쁘다. 살던 곳을 정리하는 건 생각보다 더 많은 시간이 필요하다. 한 번 더 보자는 말은 상대방에게 부담될 것 같아서 아이들만 우리 집으로 보내 애들끼리 놀게 해주자고 했다. 친구 부모는 그게 또 미안했던지 선뜻 대답하지 못했다. 다음이라는 말을 더 이상 쓸 수 없을 정도로 이사 날은 다가와 일주일밖에 남지 않았다. 이대로 헤어질 순 없었다. 친구 엄마와 부랴부랴 약속을 잡아 아이들은 하교 후 우리 집에서 놀았다.

아이들은 다가올 이별 따위는 마음에 담아두지 않은 듯 함께 놀면서 웃음소리가 끊이지 않았다. 같이 있는 시간만 생각했고 즐거운 게 최고였다. 순식간에 3시간이 지났다. 아이들은 그제야 아쉬워했다. 며칠 뒤의 헤어짐이 아니라 이 순간의 헤어짐을 아쉬워했다. 나는 아이들의 아쉬운 표정이 마음에 걸려 친구 엄마에게 이사 가는 날 아예 아이들을 우리 집에 맡기고 뒷정리를 하고 떠나는 게 어떠냐고 물었다. 아이의 아쉬운 마음을 읽은 친구 엄마도 그렇게 하자고 했다. 다행히 아이들은 다시 한번 함께 놀 시간이 생겼다. 하고 싶은 대로 마음껏 놀자고 하고 아이들을 풀어뒀다. 보고 싶은 TV도 마음껏 보게 하고, 장난감도 마음껏 꺼내서 놀고, 그림 그리고 싶다고 하면 그림을 그리게 했다. 우리는 저녁으로 피자도 시켜 먹었다. 아이들은 떠난다는 것과 떠나보내는 것을 잊은 채 함께 시간을 보냈다.

친구 부모가 집 정리를 마치고 우리 집으로 왔다. 이틀에 걸쳐 운전해야 새 보금자리로 갈 수 있다고 했다. 떠나기 전, 밤 운전에 조금이라도 도움이 될까 싶어 커피를 대접했다. 우리가 너무 길게 붙잡으면 떠날 사람들이 더 힘들어질 걸 알기에 우리는 커피가 너무 식지 않을 정도로만 이야기했다. 우리는 서로 고마워하고 진작에 이렇게 자주 만나지 않았음을 후회했다. 그리고 이사 갈 동네와 전학에 대한 걱정도 이야기했다. 생각해 보니 길지 않은 시간 동안 우리는 적지 않은 대화를 나눴다. 할 이야기는 많지만 멈춰야 하는 걸 아는 우리는 일어나 대화를 마무리했다. 아이들은 오히려 아쉬워하지 않았다. 친구가 얼마나 먼 곳으로 가는지, 이날 이후 다시 만나려면 우리가 얼마나 많은 노력을 해야 하는지 아직 모르는 아이들은 누구 하나 울지 않았다. 그러나 애틋한 헤어짐이었다. 마치 주말이 지나면 다시 학교에서 볼 수 있는 것처럼 밝은 인사로 헤어졌다.

나는 헤어짐 직전까지 최선을 다하고 싶었다. 더 이상 떠나보내고 후회하고 싶지 않았다. 그래서 후회는 없었냐고? 아쉬움은 많이 남지만, 후회는 적다. 큰아이의 단짝을 일찍이 우리 집에 오라고 할걸, 그러지 못한 게 아쉽다. 하지만 누구도 앞날을 예측할 수 없기에 그 아쉬움은 꺼내지 않기로 했다. 우리는 비록 멀어져도 자주 연락하자고, 같이 여행도 가고, 서로 사는 곳으로 놀러 오라고 이야기했다. 하지만 나는 그 계획이 실천하기 어렵다는 걸 많이 경험해 봐서 안다. 그건 어느 한쪽이 무심해서가 아니라 각자 삶의 방향이 달라졌다는 것. 그 이상 그 이하도 아니다. 우리가 만날 수 없더라도, 자주 연락하지 못해도 그건 각자 생활에 충실해서 그렇다는 걸 이해한다. 그래서 나는 잘 지내냐는 안부 인사가 오면 반갑고, 연락이 뜸하면 그들이 그곳에서 잘 지낸다고 짐작한다. 헤어짐 이후의 단어는 이해다. 고장 난 자동문처럼 수시로 열리고 닫혔던 문이 오랜 시간에 걸쳐 내게 가르쳐 줬다.

장거리 버스 여행인 줄 알았던 인생은 살아보니 항해였다. 망망대해에서 방향을 잃기도 하는 항해. 바다 위에 내려앉은 안개 때문에 한 치 앞도 안 보이는 항해. 집어삼킬 듯한 파도에 갇히기도 하는 항해. 바람과 파도가 우리를 지도에 없는 곳으로 인도하는 항해 같은 인생. 살면서 방향은 자꾸 바뀐다. 그래서 우리에게 헤어짐은 필수다.

지금 내가 바라보는 헤어짐은 마침표다. 단어 하나로 시작된 우리 만남은 길든 짧든 반드시 문장이 끝나 마침표를 찍는다. 나는 오랫동안 헤어짐을 부정하며 마침표에 억지로 꼬리를 달아 쉼표로 고쳐보려고 애썼다. 내 노력이 무색하게 쉼표는 버튼 하나 누르면 들어가는 줄자처럼 꼬리를 감춰 고집스럽게 마침표로 돌아갔다.

헤어짐을 부정할수록 아픈 건 나였다. 결국, 나는 헤어짐은 마침표라는 걸 받아들이기로 했다. 헤어짐으로 눈물 흘리는 대신 마침표를 찍고 새로운 문장을 쓰기 위해 다음 단어를 고른다. 글 속 문장처럼 첫 단어의 종착역은 마침표다. 내가 만난 사람들과 함께 쓴 문장이 많아져 내 글이 이렇게나 풍부해졌다. 나는 새로 쓸 문장에 찍을 마침표가 덜 두려워졌다.

읽는 이를 배웅하며

모든 시작 앞에는 망설임이 먼저 도착해 있었다. 잘 살고 있는 것 같으면서도 미친 듯이 불안정한 내가 정신과 상담을 받으려고 했을 때도 망설임은 오랫동안 내 앞에 서 있었다. 더는 버티지 못하고 부서지고 나서야 나는 정신과 상담 예약을 했다. 그 후로 나는 긴 상담 기간 나도 몰랐던 내 모습을 발굴했다. 찢긴 나, 웅크린 나, 눈물로 가득 찬 나, 울다가 웃을 줄 아는 나, 좋아하는 걸 잊고 있었던 나.

상담 기간 중 선생님께서 어떤 내용이어도 좋으니 그림과 글을 함께 이용해 한 편의 이야기를 만들어 오라는 숙제를 내주셨다. 그 숙제는 내가 살면서 받았던 숙제 중 가장 재밌는 숙제였다. 그래서 신나게 했다. 숙제하는 과정이 치유였다. 난생처음으로 단 한 명의 독자 앞에서 내 창작물을 발표했다. 숙제 발표 후, 선생님이 재밌는 이야기였다고 칭찬해 주신 말에 나도 덩달아 신나서 정말 행복하게 숙제했다고 했다. 그다음 말이 내 입에서 튀어나올 줄도 모르고. "사실 저는 작가가 되고 싶어요." 그 말이 나오기 전까지 나는 작가가 되고 싶다는 생각을 해본 적이 없었다. 남편이 몇 년 전부터 "넌 작가 하면 잘할 것 같아."라는 말을 했을 때 나는 말도 안되는 소리라고 웃어넘겼다. 그랬던 내가 선생님께 그 말을 꺼냈다니. 놀란 나와는 달리 선생님은 반가운 소식을 들었다는 듯 "작가가 돼보세요. 글을 지금부터 써보세요."라는 말로 처음으로 내 꿈을 인정해 주시고 응원해 주셨다.

하고 싶은 걸 찾았다는 것만으로도 남은 생이 더 선명해 보였다. 시작이 반이라고 했다. 그런데 남은 반을 어떻게 채우지? 글을 써본 적이 없는데 어디 가서 글쓰기를 배워야 하나, 글쓰기 모임을 다녀야 하는지, 도대체 뭘 해야 할지 몰랐다. 인스타그램에서 접한 한국에 크고 작은 글쓰기 모임 모집 문구를 보면 너무 부러웠다. 갈 수 있는 거리가 아닌 곳에 사는 게 아쉬웠다. 인생사 새옹지마라고 했던가. 코로나로 모두가 고생했던 시절 우리는 단절과 고립의 시기를 견뎌야 했다. 단절된 세상에서 우리는 어떻게든 연결

고리를 만들려고 애썼다. 우연히 인스타그램에서 독립서점 부비프에서 운영하는 '부비프글방' 모집 게시글을 발견했다. 매주 한 편의 글을 쓰고, 사회자를 포함 일곱 명이 만난다. 자신이 쓴 글을 차례대로 낭독하고 독자들은 감상평을 나누는 방식이다. 모두가 그 시간에는 작가이자 독자가 된다. 중요한 건 서점이 아니라 줌으로 접속해서 만난다는 점이었다. 나는 어떻게든 이 기회를 통해 사람과 글에 닿고 싶었다.

새로운 모임에 참여하고 글을 써야겠다는 마음이 들자 다시 망설임이 글보다 더 먼저 도착했다. 내가 쓴 글이 이상하면 어쩌지? 내 맞춤법이나 띄어쓰기가 엉망이면? 그런 이유로 신청을 고민하던 중 정신과 선생님의 한마디 "작가가 돼보세요. 지금부터 글 써보세요."라는 말을 떠올렸다. 그래도 선뜻 신청하지 못하는 내게 남편은 "한번 해봐. 해보고 아니면 그땐 안 하면 되지."라고 했다. 선생님과 남편의 말에 나는 용기를 냈다. 그렇게 2021년 4월 8일 처음으로 부비프글방에 참여했다. 부비프글방은 해보고 아니면 그만 가는 곳이 아니었다. 지금 다시 읽어보면 쥐구멍에라도 숨고 싶은 첫 글조차도 귀하게 여겨준 사람들 덕분에 나는 지금도 매주 목요일에 글을 가지고 간다.

글방에 참여한 지 몇 년이 지났을 무렵, 글방 식구들이 "지영님. 글 모아서 책 내보세요."라는 말을 건넸을 때도 책보다 망설임이 먼저 도착해 있었다. 이번에 먼저 도착한 망설임은 좀처럼 물러서지 않았다. 솔직히 고백하자면 망설임을 물리칠 용기와 실천력이 턱없이 부족했다. 그래도 꿈이 뭔지 망설임을 조금씩 흔들었다. 차곡차곡 모은 글을 하나로 묶고 싶다는 욕망도 망설임을 밀어냈다. 어쩌다 고백한 내 꿈을 들은 사람들도 참 멋진 꿈이라고 나중에 책을 내면 좋겠다고 했다. 그 말이 가진 힘이 모여 결국 망설임을 밀어냈다. 망설임이 몸집을 불린다고 해도 주변에서 건네는 응원이 모이면 망설임은 꼬리를 내리고 사라진다. 그렇게 덩치 큰 망설임을 물리치고 난 후에야 나는 당신을 만났다.

글쓰기는 독립적인 행위라고 생각했다. 혼자 있을 때 문득 떠오른 이야기를 공책에 써 내려갔을 때만 해도 그랬다. 그러나 글방에서 사람들과 글로 모여 생각을 나누자, 내 글은 더 이상 나만의 글이 아니었다. 글은 나누기 시작하면 글도 사람도 더 풍부해진다. 나눈 글을 책으로 엮는다는 건 더 많은 사람의 도움을 받아야 가능한 일이었다. 그분들께 짤막한 인사를 하고 글을 마치려고 한다. 먼저 처음으로 작가를 해보라고 마음에 씨앗을 심어주고, 내가 하려고 하는 모든 도전에 가장 먼저 응원해 준 남편, 내가 준 사랑보다 더 큰 사랑을 주며 새로운 내 인생의 큰 스승인 아이들 태윤, 채령, 나의 수국 나무 정인이, 말하는 것보다 말을 아끼는 것으로 나를 사랑하는 부모님, 항상 따뜻하게 대해주시는 시부모님, 깊이 베였던 마음의 상처를 성심성의껏 치료해 주시고 글을 써보라고 적극적으로 응원해 주신 이미경 선생님, 일 년간 따뜻한 가르침으로 절 치유해 주신 최진철 선생님, 글쓰기를 꾸준히 할 수 있도록 글방과 책방의 보금자리를 따뜻하게 지켜주시는 뮤쿄 님과 해막 님, 육아와 일로 눈코 뜰 새 없이 바쁜 틈에도 글의 흐름을 매만져 주신 일락 님, 바로 옆에 살면서 많은 추억을 공유하고 있는 앨리샤 씨, 이 년도 채 안 된 시간 동안 많은 추억을 나누고 떠난 주비 씨와 로저 씨, 특별한 연필을 선물해 준 사랑스러운 인영, 책을 출간한다고 했을 때 뜨거운 응원을 보내줬던 친구들, 매주 목요일마다 만나는 제 글의 첫 독자인 목요글방 식구들, 글 모음에 지나지 않은 것을 실제 책으로 만들어 주신 바른북스 김병호 대표님을 포함한 관계자분들, 김재영 님, 김민지 님, 양헌경 님, 그리고 이 책을 읽어주신 독자분들께 진심으로 감사의 말씀을 전합니다.

2024년 봄
비행기를 타고 14시간을 내리 날아가야
한국에 닿을 수 있는 곳에서
문지영

너의
해피엔딩을
응원해

초판 1쇄 발행   2024. 7. 17.

지은이   문지영
펴낸이   김병호
펴낸곳   주식회사 바른북스

편집진행   김재영
디자인   양헌경

등록   2019년 4월 3일 제2019-000040호
주소   서울시 성동구 연무장5길 9-16, 301호 (성수동2가, 블루스톤타워)
대표전화   070-7857-9719 | **경영지원**   02-3409-9719 | **팩스**   070-7610-9820

•바른북스는 여러분의 다양한 아이디어와 원고 투고를 설레는 마음으로 기다리고 있습니다.

이메일   barunbooks21@naver.com | **원고투고**   barunbooks21@naver.com
홈페이지   www.barunbooks.com | **공식 블로그**   blog.naver.com/barunbooks7
공식 포스트   post.naver.com/barunbooks7 | **페이스북**   facebook.com/barunbooks7

ⓒ 문지영, 2024
ISBN 979-11-7263-046-1 03810